ベティ・ニールズ・コレクション

さよならを告げぬ理由

ハーレクイン・マスターピース

東京・ロンドン・トロント・パリ・ニューヨーク・アムステルダム
ハンブルク・ストックホルム・ミラノ・シドニー・マドリッド・ワルシャワ
ブダペスト・リオデジャネイロ・ルクセンブルク・フリブール・ムンバイ

NEVER SAY GOODBYE

by Betty Neels

Published by Harlequin Japan, a Division of K.K. HarperCollins Japan, 2025

ベティ・ニールズ

イギリス南西部デボン州で子供時代と青春時代を過ごした後、看護師と助産師の教育を受けた。戦争中に従軍看護師として働いていたとき、オランダ人男性と知り合って結婚。以後12年間、夫の故郷オランダに住み、病院で働いた。イギリスに戻って仕事を退いた後、よいロマンス小説がないと嘆く女性の声を地元の図書館で耳にし、執筆を決意した。1969年『赤毛のアデレイド』を発表して作家活動に入る。穏やかで静かな、優しい作風が多くのファンを魅了した。2001年6月、惜しまれつつ永眠。

主要登場人物

イゾベル・バリントン……看護師。
ミセス・バリントン……イゾベルの母親。
ボビー・バリントン……イゾベルの弟。
トーマス・ウィンター……医師。
エセル・オルビンスキ……トーマスの元養育係。
エラ・ストークス……トーマスの女友達。

1

ロンドンの高級住宅街に立ち並ぶ摂政時代《リージェンシー》様式の屋敷は、控えめな外観とは裏腹に見事な玄関ホールを構えていた。印象的な天井も、ふかふかの絨毯《じゅうたん》も、無表情の使用人が開けてくれた扉も、外からは想像のつかない壮大さだ。中に入って腰を下ろしたイゾベル・バリントンは、使用人が音もなく扉を閉めると、立ちあがってゆっくり部屋を歩きはじめた。

内装は上品で美しかった。壁には波紋模様の絹が張られ、暖炉に使われているのは大理石、巨大な肘掛け椅子にはゴブラン織のカバーがかかっている。チッペンデール様式の家具はくつろげそうではなかったが、魅力的だった。私の趣味ではないわ、とイゾベルはいつものように冷静に思った。こういう家具は食料品を高級店でそろえ、オペラのイタリア語も理解できるような人の趣味だ。

壁一面には無数の肖像画が飾られていた。男性はみんなかつらに軍服姿で、頑固そうな顔はそろってハンサムだ。その間にはさまれた女性の肖像画に不思議と美人はいないが、表情はどれもやわらかい。この家の男性は相手の女性が地味でもかまわないほど容姿に自信があったようだ。「きっと彼女たちは家柄がよかったのね」そうつぶやき、イゾベルは椅子に戻った。

高貴さがあるとは言えないイゾベルにこの場所と一つだけ共通点があるとするなら、それは壁に並ぶ女性と同じ地味さだ。スタイルがよく脚は美しいけれど、背は低かったし、美人と呼ぶには口が大きすぎるし、鼻も小さすぎる。それでも肌は子供のように透きとおっていて、楽しいときは青い瞳が輝く。

今日身にまとっているシンプルな青いワンピースのように、こざっぱりとした清潔感なら誰にも負けない。イゾベルはそばのテーブルにバッグを置いて椅子の背にもたれていたが、部屋の扉が開くと背筋を伸ばし、自信に満ちた表情で立ちあがった。

「ミス・バリントン？」入ってきた男性は壁の肖像画の一枚のようだった。端麗な容貌も、人を寄せつけない気むずかしい表情もそっくりだ。違うのは白いものがまじりはじめた短い髪と、見事な仕立てのスーツが流行のものだということだった。

イゾベルは彼の冷たい一瞥《いちべつ》を真っ向から見つめ返した。「はい。ドクター・ウィンターですね？」

大股にやってきてイゾベルの前に立った男性は三、四十代だろうか、長身で体格もいい。彼は答える代わりに、ひやりとする目でイゾベルを観察した。

「紹介所からは、経験と常識のあるおとなしい看護師だと言われたんだが」

イゾベルの穏やかな表情に男性が顔をしかめているので、彼女はやんわりと言った。「常識も、看護師としての経験も八年あります。横柄な態度にも腹をたてず、ちょっとしたトラブルでも神経質にならないことがおとなしいというならあてはまりますが……。座ってもいいですか？」

男性の眉間のしわがさらに深くなった。「これは失礼。どうぞかけてくれ」そう言ったものの彼は座ろうとせず、部屋を歩きまわっている。そしてしばらくして、また口を開いた。「僕が想像していた看護師とは違う。旅行の経験は？」

「あまりありません。でも、看護師としてさまざまな現場を経験してきました。突飛な状況も」

「若すぎる」男性は足をとめ、イゾベルを見つめた。

「私は二十五です。分別のある年ごろだと思いますが」

「いくつになっても分別のない女性は多い」

イゾベルは注意深く男性を観察した。短気だが、人を公正に評価するタイプだ。おそらくよき夫で、よき父なのだろう。彼女は落ち着き払って言った。

「それなら私の年はあまり関係ないと思います」

男性が笑みを浮かべ、その気になれば彼は簡単に人を魅了できるのだとイゾベルは気づいた。「だがやはり——」扉が開き、男性は口をつぐんだ。入ってきた使用人が彼の耳元でなにやらささやく。「失礼、ええと、ミス・バリントン。すぐに戻る」

壁の肖像画がぼんやりとしか目に入ってこない。イゾベルには考えることが山ほどあった。仕事を断られるなんて……どうしても働く必要があるのに。

イゾベルはもともと外科の看護師だった。寮の小さな部屋は心地よく、週末に休みが取れれば実家に戻るという生活に満足していたが、弟のボビーが私立高校に入って、個人を看護する派遣看護師への転職を余儀なくされた。お金に余裕がない、と母に告げられたからだ。そして看護師紹介所に登録してからは休みなく仕事を引き受け、なんとか学費を稼いできたのだった。

孤独で自由な時間のあまりない働き方だったが、以前の倍は稼げたし、食事や住む場所の心配がないのも助かった。それに、一生続けるつもりはない。賢いボビーは数年後には大学に進むだろうから、その時点で病院に戻ればいい。結婚はしたいけれど、自分の容姿が平凡なことは百も承知だ。料理も縫い物も掃除も得意だが、そんな特技を披露できる前に関係は終わっていった。でも悔しさを隠してきたおかげでユーモアのセンスが磨かれ、冷静さと逆境を乗り越える力もついた。

イゾベルは仕事を断られる覚悟をした。男性が雷雲のように暗い顔で戻ってくると、心の中で観念したため息をもらし、穏やかな顔を向けた。

「看護師紹介所からの電話だった」彼はぶっきらぼ

うに言った。「もう少し年配の経験豊富な看護師を希望すると伝えたが、そのような人材は今いないと言われてね」いらだった声で続ける。「二日後にイギリスを発《た》つ。四十八時間で代わりが見つかるとも思えないから……君を雇うしかないな」

「後悔はさせません」イゾベルは元気よく言った。

「患者さんはどんな方ですか？」

「関節炎で脚の不自由な女性だ。以前、ここで働いていた僕の養育係《ナニー》なんだ」自信に満ちたこの大柄な男性にナニーがいたことも、少年時代があったこともイゾベルには滑稽に思えたが、彼の表情を見てかすかな微笑さえ浮かべるのはやめた。「ポーランド人と結婚してずっとグダニスクに住んでいたんだが、去年夫が亡くなってね。イギリスに帰国させたいが、脚が不自由だから看護師の同行が必要なんだ」

「雇用期間は？」イゾベルはきいた。

「ナニーにふさわしい住みこみの看護師が見つかるまでだ」男性が座って脚を組むと椅子がきしんだ。「ストックホルムまで飛行機で行き、友人の家に泊まって、翌日グダニスクに船で渡る。帰りも同じだ。一週間もあればじゅうぶんだろう」

「どうして直行便で行かないんですか？」

「ミセス・エセル・オルビンスキの病は進行しているから、体に負担はかけられない。休養のため、ストックホルムに一日滞在するつもりだ」ドクター・ウィンターは立ちあがり、窓辺まで歩いていって外を見つめた。「パスポートはあるか？」

「ありませんが、すぐに申請します」

彼はうなずいた。「希望どおりではないが、しかたない」

「よくわかりました」イゾベルはそう言ったが、普段やさしい声には少し棘《とげ》が含まれていた。

「紹介所には僕から明日、連絡をとる」彼は腕時計に目をやった。「打ち合わせがある。雇用契約書を渡しておこう、ええと、ミス・バリントン」

イゾベルは立ちあがった。「わかりました。それとバリントンと呼んでもらえれば結構です。〃ええと〃はいりません」ほほえんでも冷たい視線が返ってきただけで、彼女は玄関に向かった。「白衣は必要ですか？」答えずにいる雇い主に説明する。「出入国の際に説明に困らないかと……」

「思いのほか抜け目ないね、ミス・バリントン」彼は冷ややかな笑みを浮かべた。「では持っていってくれ」先に歩いていき、扉を開ける。「荷物は一つにまとめること。詳細は飛行機の中で話す」

立派な玄関ホールに出ると使用人が待ちかまえていて、イゾベルは明るく言った。「患者さんの情報があると助かります。さよなら、ドクター・ウィンター」彼女はほほえみ、屋敷をあとにした。

バスで三十分かけて帰った自宅は、クラパムコモンの比較的安全な場所にあった。両隣と外観は同じでも中は違い、狭い廊下には優美な壁テーブルが置かれ、その上には金メッキの縁取りがされた鏡が飾られている。居間に点々と置かれた家具は人に言わせればがらくたでも、イゾベルにとっては十年前売り払った家の大切な思い出がつまった品々だ。見るたびに生まれ育った家をなつかしく思い出しても、イゾベルはそのことを誰にも言わなかった。家を手放したことを、母が自分以上に悔やんでいたからだ。

その母はテーブルで縫い物をしていた。小柄で娘よりもいくぶん黒い髪に、同じ青い目をしたかわいらしい顔立ちのミセス・バリントンが顔を上げる。

「ダーリン、仕事はもらえた？」

イゾベルは靴を脱ぎ、母の向かいに座った。「一、二週間だけね。ドクター・ウィンターは気が進まないみたいだったけど、ほかに看護師がいなくて。一緒にポーランドに行って、彼の元ナニーだった女性の帰国につき添うことになったわ」

母は少し警戒した。「ポーランドですって？」

「夫を去年亡くした彼女は、今は関節痛で体が不自由なの。だから、私についてきてほしいって。着替えの手伝いなんかをするんでしょう」

「ドクター・ウィンターはどんな方？」

「すごく大柄で背が高くて、無愛想……少なくとも私にはね。もっと年配で有能な看護師を期待していたんだと思う。家は本当にすてきなの。明日紹介所で詳しい話を聞いて、あさってまでには旅行の準備をしないと。制服を着ていくの」

母が腰を上げた。「お茶をいれるわ。その方はもうお年なの？」

イゾベルは彼の顔を思い浮かべた。「ううん。髪に白いものは少しあるけど、四十前くらいかしら」

「結婚は？」母はさらにさりげない調子で続けた。

「さあね。たぶんしているわ。だって、あんな大きなお屋敷に一人では住まないでしょう？」イゾベルは母に続いてキッチンに行き、やかんを火にかけてからささやかな裏庭に出た。芝生と花壇が二つだけある小さな庭は手入れが行き届き、色とりどりの花が咲いている。チューリップとわすれな草の間に横たわっているぶち猫に、彼女は声をかけた。「ブロッサム！」そして、立派なつぼみをあちこちにつけた大事な小さな薔薇《ばら》の茂みに顔を近づけ、母に話しかける。「戻るころには咲いているかしら。来週はもう六月なのね」

その夜、イゾベルは荷物のリストを作った。といってもそれほどあるわけではなく、薄手の上着とスカートを持っていくべきかどうかで悩んだ程度だ。ドクター・ウィンターは制服を希望したが、ストックホルム滞在中は普段着でいいだろう。行きの飛行機の中も制服でいる必要はない。紹介所に問い合わせればわかるかしら。

看護師紹介所の担当者はどうでもいいのか、腹立たしいほど曖昧な返事しかしなかった。手渡された書類をイゾベルがその場で読みはじめると不機嫌になったが、家で足りないものに気づいたら二度手間になるのでと、聡明《そうめい》な彼女は切り返した。

足りないものなどなかった。封筒の中身は航空券と指示書で、ヒースロー空港への道順、集合時間と空港内で手続きをすませる場所が書いてある。ほかに交通費と称してかなりの大金と、ストックホルムを発つまで制服は着なくていいと書かれたメモが入っていた。署名は〝T・ウィンター〟となっている。イゾベルはすべてを封筒に戻してから、じれている担当者に挨拶し、パスポートを申請するために郵便局に向かった。

翌日、スーツケースとショルダーバッグに必要なものをすべてつめこみ、イゾベルは早めに家を出た。悩んだ末、茶色のプリーツスカートとおそろいの丈が長めの上着に、薄手のピンク色のシャツを合わせることにした。スーツケースにはシャツがもう一枚と、花柄のブラウスも入っている。北欧諸国は六月でも涼しいと紹介所で言われたので、クリスマスのボーナスで買った分厚いフードつきのカーディガンも入れた。

空港までは地下鉄を乗り継ぎ、約束の時間の十分前に第二ターミナルの出入口に到着した。タクシーから降りてくる客を眺めていると、五分もしないうちにドクター・ウィンターの低い声が背後でして、イゾベルはびくっとした。

「おはよう、ミス・バリントン。荷物を先に預けよう。こっちだ」

イゾベルは落ち着いた声で挨拶を返し、運搬係に荷物を預けた。そして、搭乗手続きをするドクター・ウィンターの姿をじっと観察した。

けちのつけようがない容姿の彼は、なんでも自分の思いどおりにしてきた人のようだ。今日は機嫌がよさそうだわ、とイゾベルはほっとした。そのせいか彼は若く見え、仕立てのいいツイードのスーツも感じがよかった。

「出発までコーヒーでも飲もう」ドクター・ウィンターは愛想よく言い、返事を待たずに歩き出した。イゾベルがあとをついていくと、彼は途中で新聞と雑誌をどっさり買った。そして二人分のコーヒーを持ってきて座り、イゾベルの前にデイリー・テレグラフ紙を置いて自分はタイムズ紙を手に取った。

昨夜はあまり眠れず、朝食もろくに喉を通らなかったイゾベルはコーヒーをありがたく飲んだあと、椅子の背にもたれて目を閉じ、ドクター・ウィンターは目をしばたたいた。一緒にいる女性が眠ってしまったことなど、今まで一度もない。たしかに僕は話しかけもしなかったが。

美人とは言えないが、小さく口を開けて眠る姿は実に魅力的だ。頰に触れる長く淡い茶色のまつげのせいか、年齢よりだいぶ若く見える。ドクター・ウィンターが顔をしかめて咳《せき》ばらいをすると、イゾベルは目を開けて背筋を伸ばした。「時間ですか?」

「いや……まだだ。起こして悪かった。ちょっと驚いたもので……」

彼女はにっこりした。「私が眠ったから? あなたといて居眠りする女性はいないんでしょうね」そう言ってから補うようにつけ加える。「その、あなたが仕事の説明をするとき、看護師は居眠りしないって意味ですけど。結婚されているんですよね?」

ドクター・ウィンターは骨まで凍りそうなほど冷たい視線を返したつもりだったが、イゾベルには通用しなかった。「間違った憶測だ」きらきらと目を輝かせる彼女にまごつきながら、ドクター・ウィンターは顔をそむけた。

機内に入ったイゾベルは窓側の席に座った。ファーストクラスには驚いたが、うれしくもあった。今までは安い運賃の移動手段ばかりだったからだ。窓の外に目を向けたイゾベルは、離陸したあとでようやく椅子にもたれた。

「飛行機に乗ったことは？」ドクター・ウィンターの質問は社交辞令のようだ。イゾベルは二回ほどと答えてから、緊急時の対応を説明している客室乗務員に注意を向けた。しばらくすると運ばれてきた白ワインとコーヒーとおいしい昼食を全部平らげ、ときおり話しかけてくる彼に礼儀正しく応じながら、熟読するよう与えられたスウェーデンの旅行ガイドブックを熱心に読む。本当はもっと観光したいが、ストックホルムで一日過ごせるだけでも幸せだ。本によれば、見所はたくさんあるらしい。

空港で二人を迎えてくれたのは、色白で体格のいい、青い目をした男性だった。ドクター・ウィンターが男性と親しげに挨拶を交わしてイゾベルを紹介すると、彼は大きな手で彼女の手を包んでにっこりした。「カール・ヤンセンです。はじめまして」

しかしカールがイゾベルのために後部座席のドアを開けている間に、ドクター・ウィンターはさっさと助手席に乗りこんだ。その冷淡な態度には気が滅《め》入《い》ったものの、彼女はカールの温かい歓迎ぶりを胸に刻み、座席に深く腰かけて外の景観を楽しんだ。

息をのむ美しい市街地は都会的だが、その先には水辺や緑豊かな公園がいくつも見える。町の中心の丸石を敷きつめた細い路地で、車は速度を落とした。

「ここが旧市街のガムラスタンだよ」カールが肩越しに声をかけた。「うちはこの先だ。ストックホルムの中でもとくに美しい町並みが自慢でね」彼は説明を続けた。「ほら、あれがストックホルム宮殿とこの国でいちばん古いストックホルム大聖堂だ。ぜひ行ってみるといい」

だが美しい建物をイゾベルが愛《め》でる前に、車は迷路のような細い道を突き進んで、古い家の立ち並ぶ弓なりの道に入っていった。その先に広がる長方形の広場には小さな庭つきの古い家々が並んでいて、とがった屋根と小さな窓と鍛鉄製のバルコニーが特徴的だ。

カールは誇らしげに言った。「我が家だよ」

イゾベルはあたりを見まわした。にぎやかな市街地のど真ん中にいるとは思えないほど人はいないが、どの窓も開け放たれ、赤ん坊の泣き声や音楽が聞こえてくる。高い屋根の合間には大聖堂の塔が見え、あちこちの庭に遅咲きのライラックが咲いていた。

「天国みたい！」イゾベルは言った。

その言葉に、カールはにっこりしてうなずいた。

「まあね。さあ、入って。クリスティーナが待っている」

玄関に入ったイゾベルは、階上から呼びかける人なつっこい声に誘われて急な階段を上がっていった。踊り場にいた同じ年ごろのふくよかな女性は、イゾベルの手を取って歓声をあげた。「あなたが看護師ね？　私はクリスティーナよ」

「私はイゾベルです」

「すてきな名前。さあ、入って。トーマス、また会えてうれしいわ！」

クリスティーナがドクター・ウィンターに抱きつき、キスをする。イゾベルは少し離れた場所で二人のやりとりを見つめながら、あんなふうに笑うと彼は別人みたいだと思わずにいられなかった。もっと笑えばいいのに。ファーストネームがトーマスとわかって、彼を見る目も少し変わった気がする。

もちろん、完全な別人になったわけではない。イゾベルに向けられたドクター・ウィンターの一瞥には、明らかに自分の立場を忘れるなという警告が含まれていた。「ヤンセン夫妻は昔からの友人なんだ」

彼は、イゾベルが廊下に出られるよう礼儀正しく一歩下がった。

広い廊下に並んでいる扉の一つを開け、クリスティーナは明るい声で言った。「お茶を飲んだら部屋へ案内するわね。トーマスはいつもの部屋よ。イゾベルは庭を見おろせる角の部屋にしたわ」彼女は趣味のいい家具が置いてある広い部屋をせわしげに歩きまわり、イゾベルの上着を脱がせて赤ん坊が起きたらすぐ会わせると約束した。「名前は彼にちなんでトーマスなの」ドクター・ウィンターに向かってほほえむ。「非の打ちどころがない人だから」

クリスティーナがキッチンへ姿を消すと、カールが尋ねた。「必要な書類はそろったのか？　足りなければ予定どおりに帰れないぞ」イゾベルにほほえみかける。「彼女を連れてくるとは賢明だったな。ミセス・エセル・オルビンスキは体が不自由だから、看護師がいれば助かるだろう」今度はイゾベルに向かって言った。「緊張している？」

「いいえ、まったく。ポーランドの人々は私たちを歓迎してくれるでしょうか？」

「親切でにぎやかな人ばかりだから大丈夫だよ」そこから話はカールの仕事の状況に飛び、この夏の旅行の計画にまで及んだ。「船を持っていて、メーラレン湖やバルト海によく出かけるんだ」彼はイゾベルに説明した。「美しい島が沖合いに何キロにもわたって点在しているんだよ」

「赤ん坊のトーマスも連れていくのですか？」

「もちろん。九カ月になるが、扱いやすい子でね」

「僕たちが戻る前に出発するのか？」ドクター・ウィンターがさりげなくきいた。

「出発は三日後だ。君たちはその前に戻るだろうが、万一のときは下の階の住人に鍵を預けておく。なに、心配することはない。一日程度遅れたとしても、日程には余裕があるんだろう？」カールはドクター・ウィンターをじっと見た。「エセルの具合はどうだ？」

「先週電話で話したばかりだが、あとでまたかけてみようと思う。僕たちに会えることもイギリスに戻れることも、ずいぶん楽しみにしていた」

「ここには好きなだけいていいから」クリスティーナが言った。「イゾベル、部屋へ案内するわ。荷ほどきがすんだらまた話の続きをしましょう」

通されたのはかわいらしい部屋で、家具は少なく質素だけれど窓際のテーブルには花がいけられ、古い町並みの中にある庭はアンデルセンの童話を彷彿《ほうふつ》とさせた。松材のシンプルなベッドと格子柄の羽根布団を見たイゾベルは、ぐっすり眠れそうだと思った。雇い主がそっけないのは残念だが、これぱかりはどうしようもない。イゾベルはシャワーを浴びると、新しいブラウスに着替えて居間に戻った。

夕食は赤ん坊が寝てから始まった。メインディッシュは魚とポテトと玉ねぎに生クリームをかけて焼いた代表的なスウェーデン料理で、カールは〝ヤンセン家のごちそう〟だと紹介した。ジャムたっぷりのパンケーキに続いておいしいコーヒーが出され、男性たちはスウェーデンの蒸留酒アクアビットを堪能した。

そのあとクリスティーナと皿を下げたイゾベルは、ドクター・ウィンターがカールに続いてキッチンに入ってきたので驚いた。

「トーマスは皿洗いの名人なの」クリスティーナの説明に、またしても彼の新たな一面を見た気がした。皿洗いですって！　ロンドンに置いてきた厳格な使用人が今の雇い主を見たらなんと言うかしら？

翌朝、朝食のテーブルで、昨夜はエセルと電話で話せなかったとドクター・ウィンターは言った。相手が出ないと丁寧に断られたそうだ。次の便でグダニスクに飛ぶと言う友人に、カールが言った。「わかっていたことだろう、トーマス。予定どおり、今夜船で渡ればいいじゃないか」彼はカールをじっと見つめていたが、ようやくうなずいた。

「問題は解決ね」クリスティーナが言った。「トーマス、今日はイゾベルにストックホルムを案内してあげて。帰るまでにスウェーデン風のビュッフェを用意しておくわ」

ドクター・ウィンターは反対こそしなかったが、うれしそうでもなかった。「店でも見るか？」骨董《こっとう》品《ひん》店の前を通ったとき、彼はきいた。

「いいえ、ストックホルム大聖堂にあるゲオルギウス像とリッダルホルム教会を見てから、湖に行ってみたいです。宮殿の中を見る時間はないでしょうけど、もしよければ古い町並みを歩きませんか？」

ドクター・ウィンターは腕時計に目をやった。

「それならゲオルギウス像が先だな」

彼はすばらしいガイドだった。何度も訪れているだけに建物の名前をすべて知っていて、次の名所への移動も迷わなかった。教会の中を歩くイゾベルをじっと待ち、絵葉書を買おうとして彼女がお金がないことに気づくと代金さえ差し出し、湖を眺めている間もせかさなかった。日差しはあるものの朝の空気は冷たく、イゾベルは上着の前を合わせながら真冬はどれだけ厳しい寒さなのだろうと想像した。

「冬に訪れたことはありますか？」彼女は尋ねた。

「何度かある。楽しい季節だ。スキーとスケートができれば、の話だが」

この人は私が当然どちらもできないと思っている。けれど、イゾベルは訂正する気になれなかった。

狭い道路に面した客でにぎわう小さなレストランでコーヒーを飲んだあとは、そろそろヤンセン家に戻ろうという話になった。しかし車が弓なりの道に入ったとき、ドクター・ウィンターはふと言った。

「ストックホルムを観光したいなら二、三日は滞在しないとな。興味があるなら、すばらしい博物館がいくつかある」

「興味はあります。ミレスゴーデンが……彫刻で有名ですね。でも、時間がないと思って」そう言ってから機嫌を損ねてはいけないと思い、イゾベルはあわてて続けた。「今日はつき合っていただいてうれしかったです。楽しい時間でした」

静まり返った穏やかなヤンセン家の外で、ドクター・ウィンターは辛辣に言った。「君のためではない、ミス・バリントン。観光させるつもりなどなかったが、クリスティーナが当然するだろうと思っていたから案内したまでだ」

イゾベルは扉を開け、あっさりと返した。「ええ、わかっています」

昼食がすむと男性たちは姿を消したので、残されたイゾベルとクリスティーナはテーブルを片づけ、赤ん坊のトーマスを乳母車に乗せて散歩をした。話は尽きなかったが、ドクター・ウィンターの名前は一度も出なかった。

出航の時間が近づいて夫妻と別れるのは名残惜しかったが、数日で戻れると思い直し、イゾベルは荷物を持ってカールの車に乗りこんだ。

埠頭《ふとう》まではあっという間で、男性二人が手続きをしている間、イゾベルは車で待っていた。運搬係と戻ってきたカールは、イゾベルの手をぎゅっと握ってから頬にキスをした。「帰りを楽しみにしているよ、イゾベル。赤ん坊のトーマスと一緒にね」

大きいトーマスとは大違いだわ、とイゾベルは思った。

大きくて快適な船の立派な客室に案内されると、到着したらすぐ着られるよう制服をハンガーにかけた。出航後にドクター・ウィンターとレストランで落ち合うまでにはまだ一時間余裕があり、グダニスクとグディニャ港に関する小冊子を熟読する。到着後はミセス・エセル・オルビンスキの世話で手いっぱいになるだろう。なにがあるかわからないと思い、イゾベルは市内の地図を頭にたたきこんだ。

先にレストランで待っていたドクター・ウィンターは、不安をかきたてるいつものよそよそしい態度で挨拶をした。うれしいことに夕食はスウェーデン料理で、ミートボールと骨を抜いた鰊《にしん》、パンケーキとジャムが出された。食後に引きとめられることもなく、明るくおやすみの挨拶をしてくれればいいのにと思いながら、イゾベルは客室に戻った。彼は明日について、私から質問攻めにされると思っていたはずだ。たしかにもう少しでそうするところだったけれど、ただでさえ評価されていないのにさらに悪い印象を与えたくはない。必要なら彼から言えばいいと思って、イゾベルはあっという間に眠りに落ちた。

2

翌朝早く起きたイゾベルは、よく眠ったせいで空腹だったが、ドクター・ウィンターと約束した七時半の朝食までにはまだ一時間もあった。だからルームサービスで紅茶だけ頼み、制服に着替えてデッキに出ると、近づいてくる陸地に胸を高鳴らせた。丘陵の少ない緑豊かな島には、住宅が点々と立っている。灰色がかった朝の空は寒々しく、ロンドンがはるか遠くに感じられた。イゾベルが上着のボタンをとめて誰もいないデッキを歩きはじめたとき、ドクター・ウィンターがちょうど姿を見せた。

よそよそしい挨拶とは裏腹に、彼が並んで歩き出したので、イゾベルは驚いた。「先に言っておくが」

彼はさりげなく話し出した。「ミセス・エセル・オルビンスキの帰国は若干遅れそうだ。厄介な問題が出てきて……」内容については触れたくないようだ。イゾベルも尋ねなかったが、次の言葉には驚いた。「君は緊張しやすいか、ミス・バリントン？」

イゾベルは雇い主の顔を見据えた。「ちょっとのことでは悲鳴はあげませんが、手に負えない状況なら、ほかの女性と同じように助けを求めます」

ドクター・ウィンターの顔が真剣になった。「それは控えてくれ。落ち着いて見えることが大事なんだ」

イゾベルは歩き出した。「イギリスを発《た》つ前に、聞いておいたほうがよかった話ですか？」少なくとも声は震えていなかった。

「国にはそれぞれ法律が定められているが、残念ながらミセス・オルビンスキの夫は反体制派だったので、当局が厳しい見方をする可能性がある」

イゾベルは立ちどまって彼をじっと見つめた。「許可証はあるのでしょう？」

「もちろんだ。ただ、遅れる場合もあることは知っておいてもらいたい」ドクター・ウィンターは顔をしかめた。「朝食にするか？」

「うれしいです。おなかがすいていたので。その前に私たちが今どこにいるか教えてくれませんか？」

「グダニスクの港、グディニャの手前だ。グダニスクの古い街区に向かう間、市街見物ができる」

イゾベルは刻々と近づいてくる海岸線に目をやった。「すてき……。みんな、英語は話せますか？」

「大多数は話せる。しかし観光する時間はないぞ」

ばかにされた気がして、イゾベルはむっとした。陸に着いたとたん、観光するために姿を消すと思われたのかしら？　おかげで食欲も半減した。

税関を通るのにずいぶん時間がかかったが、何度も繰り返される慇懃《いんぎん》無礼な質問にもドクター・ウィンターは根気よく答え、やっと解放されて乗りこんだタクシーで言った。「待たせて悪かった。向こうも訪問の理由を事細かに調べる必要があるんだ」運転手に行き先を告げる。「見所は多くないが、君ならグダニスクを気に入ると思う」

ありきたりな波止場を過ぎると、車はグダニスクに到着した。巨大な出入口にかかるアーチの向こうには、舗装された広い道路が見える。

「ここからは徒歩だ」ドクター・ウィンターは大きな建造物を一瞥《いちべつ》しただけで、イゾベルの腕を取って足早にアーチをくぐった。立ち並ぶルネサンス期の見事な家々は、ほとんどが道路沿いの一階に店を構えている。イゾベルは小走りになりながらもあたりを見まわし、行きどまりの広場にたどり着くと問いただすように尋ねた。

「今通り過ぎたのは市役所ですか？　あれが有名な〝金の民家〟？　この中央にある噴水は……」

ドクター・ウィンターは歩みをとめなかった。

「ここにいる理由は一つだけだ。観光ではない」

「これが観光だって言うんですか？」イゾベルは威勢よく返した。「私は質問しただけなのに！」

足早に歩くイゾベルに目をやった彼は、厳しい口調で言った。「覚えているかわからないが、面接で君は不適格だと言ったはずだぞ」

イゾベルは黙るしかなかった。またしても巨大なアーチをくぐると、その先には海が広がり、道の反対側には倉庫が立ち並んでいた。ドクター・ウィンターは海岸沿いのにぎやかな道を突き進んでいく。それからさらに狭い道に入ったあと、軒を連ねる古く美しい民家の一軒の前で立ちどまり、ドアベルを鳴らして振り返った。

「最後の大戦後ここは廃墟《はいきょ》と化していたが、ポーランドの人々はもともとあった煉瓦《れんが》を一つずつ積み重ねて町を再建した。どの家も機械で造ったように似ているのは、彼らの技術の高さゆえだ」扉が開き、ドクター・ウィンターはまたイゾベルに背を向けた。「三階だ」狭い廊下の先にある階段をのぼる。

木造の階段も、小さくまるい踊り場も、木製の扉も魅力的だった。三階に着くと片方の扉が開いていて、イゾベルは息を切らしながら、ためらわずに入る雇い主に続いた。

狭い玄関ホールの扉は二つとも開けっぱなしで、ドクター・ウィンターは躊躇《ちゅうちょ》することなく左の部屋に入っていった。そのあとを追いかけたイゾベルは、唐突に立ちどまった彼にぶつかりそうになった。

こぎれいな家具を備えた小さな部屋は、暖房がききすぎていた。テーブルも椅子も床もぴかぴかに磨かれており、古びたカーテンにはしみ一つない。寂しい部屋だと思ったイゾベルの目に、椅子に座る老婦人の姿が飛びこんできた。小柄な女性はボタンのようにまるい目をしていて、真っ白な髪を小さく一つにまとめ、黒いドレスの上にコットンのエプロンをつけていた。

老婦人は驚くほどしっかりした声で言った。「トーマス」木彫りの時計に目をやる。「約束どおりね。子供のころからあなたは時間に几帳面《きちょうめん》だった」すばやくイゾベルの方を向く。「こちらは？」

ドクター・ウィンターは腰をかがめて老婦人の頬にキスをし、そっと抱きしめた。「久しぶり、ミセス・オルビンスキ。こちらは看護師のミス・バリントンだ」

ミセス・エセル・オルビンスキは鼻にかけた眼鏡を押しあげた。「ふうん、小柄なのね。もっと近くへ来て、よく見せてちょうだい」

イゾベルは言われたとおりにした。お年寄りが、相手がその場にいないかのような話し方をするのはよくあることだ。彼女は気にしたこともないうえに、自分もそうなるかもしれないとさえ思い、礼儀正しく言った。「はじめまして」

「ちょっと地味だけど」エセルは独り言のように言った。「でも、目と笑顔がいいわ！」そして急に怒ったような口調になった。「看護師なんていりませんよ。一人で不自由ないんだから」

「わかってる」これほどやさしい彼の声を聞いたのは初めてだ。「僕の都合で連れてきた。出国手続きをしている間、あなたを一人にしたくなくて」

エセルはその説明が気に入ったようだった。「出発はいつなの？」彼女はきいた。

「今夜のフェリーだよ。荷造りは？」

「まだ少し残ってるわ、トーマス。こちらの彼女が手伝ってくれるのかしら？」

「もちろんです、ミセス・オルビンスキ。私、イゾベルっていいます」

「あら、すてきな名前。トーマスの近況を聞く間に、コーヒーをいれてくれる？」


イゾベルが小さなキッチンで必要なものをさがしているとき、階段を上がってくる足音が聞こえた。扉は開いたままだったので、ためらわずに聞き耳を立てる。部屋をのぞく勇気はなかったが、重たいブーツの音からして、警察官か軍人が二人以上いるに違いない。

やってきたのは軍人だった。ミセス・オルビンスキの書類には不足があるので、それが届くまで出国はできないと流暢《りゅうちょう》な英語の説明が聞こえてきた。

「いつになりますか？」ドクター・ウィンターの声も友好的で、いらだっているようすはみじんもない。

「明日かあさってには。ご迷惑をおかけします」

「しかたない。あなた方のせいでもないですしね」

しばしの沈黙のあと、彼の声がした。「私と連れの看護師はモノポルホテルに泊まりますが、ミセス・オルビンスキはここにいたいでしょう」

最後のひと言は尋ねるような口調だった。

「もちろんです、ドクター・ウィンター。予定どおり出国できるよう、書類が届きしだいご連絡します」

　別れの挨拶が聞こえた。それにしてもすてきな声だ……。そのとき、扉を離れるのが一瞬遅れたイゾベルの目の前に、ドクター・ウィンターのハンサムなしかめっ面が現れた。「盗み聞きをするなら息をひそめることだ。太った女みたいな息遣いだったぞ」キッチンをぐるりと見まわす。「コーヒーはまだか？」

「ええ、まだです。それより説明を――」

「説明することなどない。出国するには決められた書類が必要だ。まる一日観光できるのだから、君には都合がいいだろう」

　イゾベルは考えこむように彼を見つめた。「私もここに泊まりましょうか？」

　初めて笑顔を見せたドクター・ウィンターに、イゾベルは思わず好感を抱きそうになった。「やさしいんだな。でもその必要はない。この町でいちばんいいホテルで休むといいよ。明日は養育係《ナニー》を連れて観光しよう。彼女も出歩く機会が少なかったから、思い出の場所に別れを告げられてうれしいだろう」

　やかんの湯がわいたので、イゾベルはコーヒーポットに湯をつぎ、マグカップをトレイにのせてドクター・ウィンターに渡した。少し驚いたようすの彼に、かすかに笑みを浮かべる。身のまわりのことをあまりしてこなかった人なのだろう。本に顔をうずめている間に、まわりの人が日常生活のささいな要求を言われる前からかなえていたに違いない。

　座ったままのエセルはじれていた。「遅かったわね」辛辣な口調だ。「看護師はつねにてきぱきしていると聞いたけど」そう言ってはなをする。「噂《うわさ》ってあてにならないわ」

「とんでもない噂ばかりですから、信じられなくて当然です」イゾベルは率直に返した。「訓練したのでほかの人ができないことはできますが、ここは私にとって異国ですし、キッチンも使い勝手が違いますから」そう言ってからあわててつけ加えた。「かわいらしくて、心地よい空間でしたけど」

老婦人はコーヒーをすすった。「まあまあね」そして譲歩した。「あなたには分別があるみたい。トーマスはどこであなたを見つけたの？」

イゾベルはテーブルの反対側にいる雇い主を見ないようにした。「看護師紹介所で」元気のない声で説明する。「私以外にいなかったんです」

ドクター・ウィンターがじれったそうに体を動かしたので、イゾベルはなにか言われるのを待ったが、彼は黙ったままだった。

「お手伝いさせてもらえれば、イギリスへの帰国が快適になると思います。ドクター・ウィンターがパスポートや書類の審査に立ち会う間だけでも……」

「でも力はなさそうね。それに、なぜずっとドクター・ウィンターと呼んでいるの？」

イゾベルはため息をついた。雇い主が説明を始め、顔が赤くなる。「ミス・バリントンとは……」彼は言葉を選んでいるようだ。「最近、知り合ったばかりだから」

エセルは〝ふん〟とも〝へん〟とも聞こえる声を出した。「私はイゾベルと呼ばせてもらいます。顔はともかく、美しい名前だもの。あなたもそうなさい、トーマス。父親でもおかしくない年なんだから。コーヒーのお代わりをいただくわ」ドクター・ウィンターがわずかにいらだった表情を浮かべたことに、老婦人は気づいていないようだ。彼女は椅子の背にもたれて言った。「明日もここにいるようなら、オリバ大聖堂に連れていってちょうだい。もう夏だから、パイプオルガンのコンサートがあるの。最後にもう一度聴きたいわ」

エセルのかすれた声が震え、彼が急いで言った。

「それはいい。明日はレンタカーを借りよう。足を伸ばしてソポトにも行ってみようか？」

「うれしいわ。夏になるとよく行ったもの……」彼女はドクター・ウィンターがやんわりととめるまで、生前の夫との生活を切々と語った。

「明日はできるだけいろいろまわろう。今のうちにミス……イゾベルに荷造りを手伝ってもらうとい い」彼は立ちあがった。「レンタカーの手続きとホテルのチェックインをしてくる」それからエセルを抱きあげ、隣の寝室に運ぼうとしてドア口で立ちどまった。無理もない。部屋は箱と小包と古びたスーツケースでうめつくされ、足の踏み場もなかった。

しかし、イゾベルは明るい声で言った。「どうしてほしいか教えてください」

「気のきく子ね」老婦人は短く言った。「みんな持っていくものなの」

彼は部屋を見まわし、やさしいが断固とした口調で言った。「申し訳ないが、服と貴重品しか持ち出せない。お金はもちろん無理だ。スーツケースか段ボールにおさまるものだけにすること。すぐ戻る」そう言って出ていってしまった。

イゾベルは上着を脱いだ。「男って！」老婦人が不機嫌そうに吐き出す。「いやな仕事を全部押しつけて、終わるまで姿を消すんだから」彼女はちらりとイゾベルを見た。「でも、いい子なのよ。仕事中毒だから、家庭はまだ持っていないけれど」

イゾベルは愛想よくうなずいたが、頭の中は大量の荷物をどう選別するかでいっぱいだった。

「出国の日に着るものは決まっていますか？」その質問は、粗末なコートか、同じくらい粗末なレインコートを選ぶかという議論に発展したが、最終的には冬物のコートとくたびれたフェルトの帽子に決まり、さらに黒いドレスと手袋と靴が追加された。さほど選択肢のない下着の選別は早かった。だが残された小物は、エセルに言わせればみんな生活に欠かせないものばかりだという。イゾベルはあまり口をはさまず、家族写真を整理し、ささやかな宝石を選び、スカーフやレースを抜き出して、老婦人の宝物の中から置いていかなければならないものを根気よく選び出した。時間はかかったがなんとか終わらせると、今度は残すものをもらってくれる人はいないか尋ねた。

老婦人の表情がぱっと明るくなった。「下の階の人が喜んで引き取ってくれると思うわ」そして、怒った顔で続けた。「トーマスはなぜ帰ってこないのかしら？　手伝いもしないなんて」

「本当だわ！」果敢に英語で話そうとする階下の女性に苦心しながら、イゾベルもそう思わずにはいられなかった。最終的には女性に階上に来てもらい、エセルが状況を説明した。老婦人の荷物を階下に届けて別れを告げているとき、通りに面した扉が開く音が聞こえたが、イゾベルは作業を続けるために階上へ急いだ。

現れたドクター・ウィンターは落ち着き払った雰囲気と、この場にふさわしからぬ気品をかもし出していた。「やっと帰ってきた」イゾベルは立場も忘れて思わず言った。「片づけおわったところよ！」

ドクター・ウィンターはその嫌味に気づかないふりをした。「すばらしい。ホテルの部屋も車も手配してきた。ナニー、お昼をごちそうするよ。そのあと少し遠出しよう」

「こんな格好で行けるわけないでしょう！」エセルは不満げに言った。疲れが顔に出ている。

「少しだけ待って。着替えを手伝いますから」イゾベルは提案し、彼がその場を離れるとすぐ服を出した。夫を亡くしてから一人で生活してきたのが奇跡に思えるほど、老婦人の手は曲がり、体は弱々しかった。手間取ったあとで準備ができたと告げると、ドクター・ウィンターは無言でエセルをかかえ、狭い階段を下りていった。歩道に出ると今度は二人で彼女を両側から支え、ゆっくり車に近づいていく。エセルを助手席に座らせた彼は、イゾベルに後部座席に座るよう指示した。車はドクター・ウィンターにはふつり合いなほど小さかった。

途中で寄ったホテルの部屋は逆に広かった。ストックホルムにすぐに戻れないのは残念だが、グダニスクの町を観光するまたとない機会に、イゾベルは子供のようにわくわくしていた。

昼食に訪れたおしゃれなレストランは閑散としていたが、ウェイターは夏が始まったばかりだからと説明した。ポーランドの郷土料理である赤かぶの熱いスープに海老《えび》、豚肉のホースラディッシュソース添えに続いてアイスクリームが並ぶ。イゾベルも老婦人も、どれもおいしいと絶賛した。

昼食後は、エセルが慣れ親しんだ海辺のリゾート地のソポトに向かった。「毎年、休暇はここで過ごしたの。いつも泊まるホテルの隣がグランドオルビス・ホテルだから、カクテルドレスを着た人が行き来するのをよく眺めたわ」そう言ってため息をもらす。「本当に美しい場所」

たしかに美しいが、町はさびれてもいた。大通りにも人はまばらで、店にも客がいない。海が見えてくると、車は並木通りでとまった。人けのないビーチと、その先に広がる寒々しいバルト海のくすんだ色が町をいっそう寂しく見せている。「水辺に下りよう。ナニーの姿はちゃんと見えるから大丈夫だ」

砂浜の上の細いコンクリートの橋はらせん階段で上がるようになっていて、車からは目と鼻の先だった。イゾベルは先に走っていき、左右に広がる海岸線を見つめた。「暖かい夏の夜は最高でしょうね。人がもっと多かったら」反対側の階段に向かって歩いていくドクター・ウィンターの横に戻って尋ねる。

「どうして誰もいないのですか?」

「今は戒厳令が敷かれている」彼は説明した。「余暇にまわす金どころか、食事もままならないのが現状だ。ほかの国の観光客が来るとも思えない」

「ミセス・オルビンスキもすごく悲しいでしょうね」

「彼女には楽しかったころの思い出がある。どこかで紅茶を飲んでから、海岸線を少し走ろう。ポーランドの夕食はだいたい四時くらいだが、なにか飲んでもホテルのディナーには間に合いそうだ。そのあとはナニーの寝る支度を頼む。彼女の手元に必要なものをそろえてやってほしい」

二人は砂浜の小道を車に向かって歩いた。

「ひと晩、彼女につき添ったほうが安心では?」イゾベルは言った。「私ならかまいませんが……」

「その必要はない。明日、朝食後にナニーを迎えに行こう。書類を確認しに行く前に、君を彼女のところに送っていく」

「届いていなければ?」

「もう一日、この国で過ごすだけだ」

三人は市内の小さなカフェに入り、英語を話したがるユーモアたっぷりの店主と語り合った。帰り道、カフェで長居したおかげで元気を取り戻したエセルは、この国の地理や歴史について延々と語りつづけた。ゆっくりしたいと思っていたものの、イゾベルは窓の外の家や教会や古城に目をやりながら、観光客らしく熱心に老婦人の話に耳を傾けた。

ホテルに戻るとすぐに夕食だった。スープに始まり、網で焼いた牛肉と肉団子、アイスクリームが次々と出される。ドクター・ウィンターが飲んでいるウォッカを断り、イゾベルはビールを選んだ。エセルもウォッカを飲んでいたが、食事とドライブの疲れも相まって、食べおわったころには心地よい睡魔に襲われていた。車でエセルをアパートメントに運んだあと、イゾベルは翌朝のコーヒーを用意した。「あなたはいい子ね」おやすみの挨拶を言いに行った彼女に、老婦人は言った。「いくつなの?」

「二十五です、ミセス・オルビンスキ」

老婦人はくすっと笑った。「私はあと六週間で八十よ」彼女は胸を張った。「ケーキとプレゼントできちんとお祝いしてもらわないとね」

ホテルに戻る道中、イゾベルとドクター・ウィンターは無言のままだった。彼はホテルでやっと口を開いた。「朝食は八時半だ。その後、ナニーのアパートメントに向かう」

イゾベルはなにも言わなかった。質問しても答えは返ってこないだろうと思ったので、部屋に上がり、シャワーを浴びてから眠りについた。

翌朝は車の行き来する音で目を覚ました。空は厚い雲におおわれていて、時計を見ると七時をやっとまわったところだ。窓の外に顔を出したイゾベルは、町を探検してみようと衝動的に思いたち、急いで着替えた。朝食まであと一時間以上もある。ドクター・ウィンターが八時半と断言したのだから、早まることはないに違いない。イゾベルは髪をとかしながら、彼は厳格な父親になるわと思った。でも、きっとやさしくて寛大な父親に違いない。鏡の中の自分を見て、なぜそんなふうに感じるのだろうと考える。少なくとも、私は寛大にもやさしくも扱われていないのに。彼女は顔をしかめ、部屋を出た。

廊下を掃除していた女性もロビーの受付にいたボーイも挨拶に快く応えてくれたが、ドアボーイだけが不思議そうな顔をしたので、イゾベルは言った。「少し散歩してくるわ」にっこり笑って扉を開けようとする。

その瞬間、ドクター・ウィンターが入ってきてイゾベルの肘をつかみ、彼女をロビーに引きずり戻した。「どこへ行く？」いつもの淡々とした冷たい声とは打って変わった厳しい口調に、イゾベルはただ目を見開いて彼を見あげるばかりだった。

やっとのことで声が出た。「散歩に」

「散歩だと」今度はあざわらうような口調だ。「ポーランド語が話せて、グダニスクの地理もわかっていて、パスポートと迷ったときにタクシーを拾えるだけの金を持っているのか？」

イゾベルは合理的に反論した。「すぐそこまでです。ホテルから離れたりしません。そこまでひどい言い方をしなくてもいいんじゃないでしょうか、ドクター・ウィンター」怒りにゆがんだ彼の顔は疲れが色濃く、ひげも伸びている。「どこへ行っていたのですか？」イゾベルは当惑した。「そんなに疲れきって……ひと晩じゅういなかったとか？」彼女は声を低くした。「ミセス・オルビンスキのところにいたんですね？　具合が悪いのですか？」

彼は頭を振った。「鋭いんだね、ミス・バリントン。君にここで会ったのは間が悪かった」

「外出禁止令が出ていたんですね？」イゾベルは不安そうなまなざしで雇い主の黒い瞳を見つめた。

「三十分前に解除された。ナニーを一人にしたくなかったんだ」ドクター・ウィンターはイゾベルの表情を読み取ったようだ。「心配いらない。ここのボーイはナニーの知り合いで、僕の居場所もわかっていた。君から目を離さないとも約束してくれた」その顔からすでに怒りは消えていた。今はただ少し愉快そうな、いらだったような表情をしている。「質問がそれだけなら、僕はシャワーを浴びてひげを剃《そ》ってくる。朝食にしよう」彼はもう一度イゾベルの腕をつかんで言った。「迎えに行くまで部屋にいると約束してほしい」

「冗談でしょう！」イゾベルもいらだって言った。

「外出禁止令は解除されたって言いましたよね」

「約束しないか」

断固とした口ぶりに、イゾベルは不安を覚えた。

「わかりました」ドクター・ウィンターにつき添われ、階段を上がった。無言で部屋に入ったあと、あわてて振り返って手を出す。

そこに鍵を置き、彼はやさしく言った。「イギリスに戻るまで、君のことは僕が責任をもって守るから」

心地よい沈黙の中、二人は朝食の席についた。ひげをきちんと剃って着替えてきたドクター・ウィンターは、先ほどの疲れが嘘《うそ》のように顔色がよかった。落ち着き払った彼をちらりと見てから、イゾベルはこれからエセルを訪問するのですかと尋ねた。

「僕も一緒に行く」ドクター・ウィンターは答えた。「君が着替えを手伝っている間に、書類がそろったか確かめてくる。準備が間に合えば、今夜の船で出発だ」

だがアパートメントに戻ってきたドクター・ウィンターは、書類がそろうのは翌朝になると告げた。

「せっかくだから今日は観光しよう。どこに行きたい、ナニー?」

「オリバ大聖堂」老婦人はためらわずに答えた。「パイプオルガンが聴きたいの。たしか、十二時開始よ」

ホテルから十キロほど先にある大聖堂は、息をのむ美しさだった。建てられたのは十二世紀だが、ルネッサンスとバロック様式とロココ様式の建て増しがあちこちに見られる。星が描かれた高い円天井にはポーランドの旗が下がっていて、信者席はすでにおおぜいの人でうまっていた。三人が最後列に席を見つけると同時に、演奏される楽曲と大聖堂の歴史が英語で説明され、〝大きな音を奏でるオルガン奏者は聖堂の後ろにいますからごらんください〟というアナウンスが終わった。けれどエセルのしわの寄った手を握っていたイゾベルは、ほとんど聞いていなかった。祭壇の両脇に旗がひるがえり、信者席に観客が静かに座るこの大聖堂こそ、本物のポーランドなのだ。演奏が始まると、イゾベルは三十分間じっとおとなしく座っていた。しかし突然曲調が変わって大きな音が鳴り響いたとき、ドクター・ウィンターがエセルの肩越しにイゾベルにそっと触れた。

「後ろを見てごらん」彼は静かに言った。

十八世紀の巨大な遺産であるパイプオルガンが、まるで生きているように音楽を奏でている。トランペットやバイオリン、フルート、ハープを手にした天使の彫刻が踊っているように見えて、イゾベルはドクター・ウィンターの手を強く握りしめた。音楽がやんで静けさが戻ると、彼にしがみついていることに気づき、急いで手を離す。「ごめんなさい」顔を真っ赤にしてささやいたが、彼は謎めいた表情をするばかりで不安が倍増した。


昼食はグダニスクに戻り、イタリア料理店に入った。食事が終わるとドクター・ウィンターはすぐ戻ると言って、一人で姿を消した。

残されたイゾベルとエセルはコーヒーを何杯もお代わりし、噂話に花を咲かせた。三十分ほどして戻ってきた彼が二人に告げる。「今夜、出発できる」腕時計に視線を落とした。「ホテルをチェックアウトしてから、ナニーのアパートメントに行こう。それから埠頭《ふとう》に向かえばいい」

エセルは興奮を隠そうとしたが、震える手を見れば一目瞭然だった。「本当に、トーマス？　すべて整ったの？」

「そうだよ。あと二日ほどで祖国に帰れる」ドクター・ウィンターはやさしくほほえんでハンカチで老婦人の涙をぬぐい、イゾベルは心の中でため息をついた。不愉快じゃないときの彼って、なんてやさしいの！

だがエセルにはやさしくても、イゾベルに接する態度には思いやりのかけらもなく、ドクター・ウィンターの指示はもっぱら事務的だった。エセルのアパートメントでイゾベルは言われたとおりに荷造りを進め、持ち出せないものを新たに隣人に渡し、三人分の紅茶をいれ、自分と老婦人の貴重品を手荷物用のバッグにしまった。

レンタカーを返してタクシーを呼んだあとは、またエセルの数少ない財産を車に載せる長い作業が待っていた。興奮と疲れで気むずかしくなっていた老婦人は、一歩踏み出すごとに文句を言った。車が走り出してようやくフェリーが見えるとイゾベルは安《あん》堵《ど》のため息をもらし、船のタラップを踏んだときはさらにほっとした。人生の大半を過ごした国をあとにするエセルは、ふたたび目に涙をためている。夫が亡くなるまではポーランドでの暮らしを愛していたに違いない。イゾベルは彼女を客室に案内し、着替えをすませて寝台に横たわらせてから客室係を呼んだ。大柄で明るいスウェーデン人の女性がすぐに現れ、一時間後に軽い食事を届けるという。イゾベルは夜の間に必要なものをバッグから取り出し、エセルが落ち着くよう話しかけながら軽食を待った。食事が届くと老婦人の隣に座ったが、一緒に食べていいのか迷った。ドクター・ウィンターには食事のことはなにも言われていない。どうしようか迷っていたとき、扉をノックする音がした。

ドクター・ウィンターはエセルに具合を尋ね、必要なら客室係を呼べばいいとなだめてから、相変わらずの冷たい態度でイゾベルを夕食に誘った。「まずはなにか飲みに行こう」答える間も与えず、彼はさっさと行ってしまった。

イゾベルはしかたなくそのあとを追い、勧められたシェリー酒を飲んでからテーブルについた。雇い主の口数が少ないことにほっとしつつ、この二日間した。明日の朝ストックホルムに着く前に、ミセス・オルビンスキの支度はすませておきますね」

「朝食はどうする?」

イゾベルは即座に答えた。「彼女と一緒にコーヒーを飲んで、なにか食べます。朝はどこで待ち合わせますか?」

「僕のほうから迎えに行く」イゾベルが立とうとしたとき、ドクター・ウィンターも立ちあがった。

「おやすみ、ミス・バリントン」

イゾベルは親しみをこめてうなずいた。「おやすみなさい、ドクター・ウィンター」

ドクター・ウィンターは立ったまま、テーブルの間をぬうように歩いていくイゾベルのほっそりした後ろ姿を見つめていた。彼女が振り向いていれば、その顔に笑みが浮かんでいたことに驚いただろう。


で体験したことを頭の中で整理する。

だが、コーヒーの途中でドクター・ウィンターは突然口を開いた。「ストックホルムには、数日滞在しようと思う」イゾベルのうれしそうな顔を見た彼は、冷淡な口調で続けた。「観光のためじゃない。ナニーはずいぶん疲れている。少し休養してからでないと、旅を続けるのはむずかしい」

イゾベルは真っ赤になった。「もちろんです。ここまで本当に大変だったでしょう。なるべく体が休まるよう、私もつき添います」そう言ってからつけ加える。「ご本人は気に入らないでしょうけど」

彼はコーヒーをお代わりした。「なんとかするのが君の仕事だ。幸い、君のことは気に入っているようだから、言うことはきくだろう」

イゾベルは明るく言った。「そう願いたいです。私もがんばります、ドクター・ウィンター」コーヒーカップを置いて、さらに言う。「ごちそうさまで

3

エセルは子供のようにぐっすり眠り、朝早く目を覚ました。おかげでイゾベルと老婦人は余裕をもってコーヒーを飲み、着替えをすませ、港が近づくころには準備万端整っていた。

　心地よい朝だったが、バルト海からは冷たい風が吹いていて、イゾベルにつき添われて船を降りるとき、エセルは震えていた。しかし手を引いてくれるドクター・ウィンターを見て、〝こうして歩いていると蟹《かに》みたいね〟とうれしそうに笑う。老婦人の書類が税関で手間取ったために時間はかかったが、パスポートに無事判が押されると、三人はゆっくりタクシー乗り場に向かった。けげんな顔をするイゾベルに、ドクター・ウィンターが言う。「カールのアパートメントに直接向かうが、彼はいないだろうな。旅行に行くと言っていただろう？」

　案の定家には誰もおらず、ドクター・ウィンターはエセルをかかえて階段を上がり、マットの下に隠してあった鍵で扉を開けた。

　イゾベルが老婦人の手伝いをしている間、彼は置き手紙を読みながらくすくす笑った。「よかった」やっとのことで口を開く。「ここには好きなだけいていいそうだ」それからエセルに目を向ける。「疲れたかな？　少し眠るかい？　まずはコーヒーをいれようか」

　自分へと指示だと気づいたイゾベルは、立派なキッチンに向かった。居間に戻るとドクター・ウィンターは座ったまま目を閉じ、エセルはかすかにいびきをかいて眠っている。イゾベルがテーブルにトレイを置くなり、彼は目を開けてカップを手に取った。

「君もどうぞ、イゾベル。養育係《ナニー》なら、飲みおわってから起こしてベッドに連れていけばいい。ここには二、三日滞在するつもりだ」ふと間を置く。「なぜ驚く？　そうなるかもしれないとは話した――」

「私をイゾベルと呼んだからです」

ドクター・ウィンターの眉がつりあがった。「問題か？　しばらく一緒に過ごすんだからいいだろう」

「いいえ、まったく」イゾベルはいつものように冷静に答えたが、彼をトーマスと呼んだらどう反応されるだろうと考えずにはいられなかった。きっと激怒されるに違いないと思ってにこにこしていると、鋭い声が飛んできた。

「なぜ笑っている？」

「別に」イゾベルは必要以上に強い口調で答えた。

しばらくして目を覚ましたエセルはまぶたを閉じていただけだと主張したが、イゾベルに言われておとなしくベッドに入った。そして少し不機嫌そうに言う。「トーマスにお礼も言ってないわ。なんて思われるかしら？　心から感謝しているのに……」彼女は手を伸ばしてイゾベルの手をつかんだ。「あなたはいい子ね、イゾベル。礼を忘れるような老婆の面倒を見てくれるんだから」

「いいんですよ」イゾベルはやさしく言った。「それよりこの数日は動きっぱなしだったから疲れたでしょう？　トー……ドクター・ウィンターも、元気になってからお礼を言ってほしいはずです。少しお昼寝をして、お茶の時間に顔を合わせてはどうですか」老婦人の手を毛布の中に入れる。「彼も疲れているみたいです。書類審査が大変でしたから……」

「何カ月もかけて用意してくれたのに、あんなに待たされるなんて」エセルの声が震えた。「一瞬だけど、帰国できないかと思ったわ」

エセルが眠ったのを確認してからイゾベルが居間

に戻ると、ドクター・ウィンターは巨大なソファに横になり、軽くいびきをかいて眠っていた。

イゾベルは音をたてないようコーヒーカップをキッチンに運んだ。二人とも起きたら空腹だろうから、なにが作れるか今のうちに確認しておこう。ナニーにはスープを用意しよう。きれいに並んだ缶詰のラベルを見れば一目瞭然だから大丈夫だ。でも、冷凍庫にきちんとラップをされて入っている豊富な食材のラベルは残念ながらスウェーデン語なので、彼が起きたら買い物に連れていってもらうしかない。幸い、じゃがいもがたくさんあったので皮をむいておき、それからキッチンのテーブルで買い物リストを作った。考えているうちにどんどん増えた項目をなんとか減らそうと頭をひねっていたとき、ドクター・ウィンターが顔をのぞかせた。

「昼食は?」予想どおりの言葉が飛んできた。

イゾベルは厳しい表情をした。「冷凍庫の中を見てもらえますか。中身がわかれば、今夜のためになにか解凍しておけます。お昼は……パンと牛乳と、ほかにも一品必要ですね。ミセス・オルビンスキにはスープを温めるつもりです」

「かわいそうなイゾベル。僕が休んでる間にてんてこ舞いになっていたとは!」彼は冷凍庫を開け、小分けされた塊を一つテーブルに置いた。「骨つきのラム肉だ。必要なものを言ってくれれば買ってくる。サンドイッチにするか?」扉の前で立ちどまり、イゾベルの方を振り返る。「料理はできる?」

「フランス料理は無理だけど、家庭料理なら大丈夫です」

「君は思った以上に多才だな。看護師であり、お年寄りのよき相手にもなれば最高のコーヒーも作り、事務員もこなす。そのうえ、家庭料理の達人か」ものやわらかな表情で見つめられ、イゾベルは顔を赤くしたが、ドクター・ウィンターは追い討ちをかけるように言った。「深い意味はないよ、イゾベル」

気にすることはないわ。イゾベルは自分にそう言い聞かせ、キッチンに戻って食事の準備を始めた。けれどなかなかドクター・ウィンターが帰ってこないので、部屋に戻って髪を整える。ストックホルムでは私服でもかまわないだろう。あとで確認しておかなければ。

買い物とは縁がなさそうな男性にしては、ドクター・ウィンターの持ち帰った品は文句のつけようがなかった。ロールパンとクロワッサンのほかに、魚介類やチーズやハムの入ったおいしそうなサラダ、果物、ワインまでテーブルに並んでいる。

ドクター・ウィンターはロールパンを一つ手に取り、かぶりついた。「食べおわったら、もう一度行ってくるよ。今夜必要な食材はメモしてあるか？」

「メモは作りましたが……ラム肉とじゃがいもがあるからもうじゅうぶんです。サラダを出して、セロリがあれば蒸し煮にします。玉ねぎが嫌いじゃなければリヨネーズポテトを作りますし、ルバーブがなければパイにはりんごを使います。そうするとクリームも必要ね。こっちのチーズはわからないけど、何種類か選んでもらえれば、戸棚にあったクラッカーに添えます。バターもたっぷりあるので」

手元のリストから顔を上げたイゾベルは、ドクター・ウィンターがじっと見つめているのに驚いた。

「あの、苦手なものでもありました？　ざっと考えただけだから、変更はいくらでも……」

「おいしそうだ。ざっとでその程度なら、気合を入れたときのメニューもぜひ食べたいね」彼はにっこりした。いつもの冷笑ではなく、やさしく温かみのあるほほえみだ。「料理はどこで習った？」

「母に教わったんです」イゾベルはロールパンを半分に割り、バターをぬりながら答えた。

「きょうだいは？　それにお父さんは？」彼は椅子

の背を前にし、背もたれに腕を置いて座っている。

「弟が一人。父は数年前に亡くなりました」家族の話に飽きられるのは目に見えているので、イゾベルは急いで言葉を続けた。「パンにはチーズをはさみましょうか？　それともサラダにしますか？」

「スウェーデンのサラダは皿のほうが食べやすい」ドクター・ウィンターは小さくため息をついた。

「僕たちの関係は良好とは言えないな、イゾベル？」

彼女はあわてて顔を上げた。「関係なんて呼べるほどのものではありません、ドクター・ウィンター。私はつき添いに雇われた、ただの看護師です……それも、ほかに人材がいなかったからしかたなく雇ってもらっただけで」いつもの落ち着いた、親しみやすい口調で答える。

その言葉には答えずに、ドクター・ウィンターはワインに手を伸ばしてコルクを抜き、ロールパンに具をはさみおえたイゾベルは立ちあがった。

「ミセス・オルビンスキを見てきます。起きていたらおなかがすいているでしょうね」老婦人はぐっすり眠っていたのでふたたびキッチンに戻り、彼に声をかける。「お昼はここで食べてもらえますか？　今日だけ……」

向かいの椅子に腰かけたドクター・ウィンターの体は、今にも迫ってくるかのように大きかった。

「僕がキッチンで食事などしないと思っているな？」

「めったにないでしょう？　あんな豪邸ですもの」

「僕にとっては我が家だ、イゾベル。だから居心地のいいキッチンで食事をしたことくらいある。ところで、このサラダを食べてごらん。ここらじゃ有名な一品なんだ」食事を終えてイゾベルがコーヒーをいれていたとき、ドクター・ウィンターは言った。

「午後は用事があるが、先に夕食の買い物をすませる。それでいいかな？」

「もちろんです。彼女の具合は？」

「心臓があまりよくない。グダニスクで診察したが、残念ながらなにもできなかった。少なくとも二日は横になっていてもらおう。一時間程度なら起きていてもいいが、それ以外は絶対安静だ。必要なものはそろっているか？」

「ええ、たぶん」イゾベルは立ちあがった。「シャワーを浴びてきます。よければ、私服に着替えてもいいですか？」

ドクター・ウィンターは涼しい顔で彼女を見つめた。「好きな格好をすればいい」いもの袋をかぶろうが知ったことではないと言わんばかりだ。

イゾベルは静かに皿を重ねはじめたが、本心では思いきりたたきつけたい気分だった。薄情で、無作法で、思いやりのない人！　いつも人に指図ばかりして、たまには家事を手伝えばいいのに！

そう思っていただけに、彼が皿を洗ってくれると、当惑せずにいられなかった。

ドクター・ウィンターがもう一度食料品を持って戻ってきたとき、イゾベルは起きぬけで不機嫌なエセルのためにスープを温めていた。しかし彼は食材をテーブルに並べると、イゾベルには挨拶しかせず、エセルと少し話してすぐに出ていってしまった。私のことなんてどうでもいいのね。イゾベルは立派なキッチンで独り言をもらし、老婦人のための軽食を作りはじめた。

しばらくしてエセルがまた眠ってしまうと、イゾベルは雑誌を片手に居間に向かった。書いてあることはまったく理解できないけれど、写真は美しい。本当は湯につかって髪を洗って着替えたかったが、お茶の時間になってもドクター・ウィンターは戻らなかった。エセルが目を覚ましたあとは紅茶をいれ直してビスケットとともに出し、老婦人が紅茶を楽しんでいる間に顔を洗う準備をする。きれいなパジャマに着替え、香りのいい石鹸《せっけん》で顔を洗い、髪にブラシをあてれば、ずいぶん気分もよくなるだろう。

実際、エセルは満足そうな笑みを浮かべた。「だいぶ具合がよくなったわ」彼女は言った。「そろそろ夕食も食べられそう。トーマスはどこ？」

「ここだよ、今戻った」ドクター・ウィンターがちょうど帰ってきた。「見違えたね。まるで五十代だ。それも、かわいい五十代だよ！」

「おだてても無駄よ」エセルはぴしゃりと言ったが、うれしそうに笑った。「どこへ行っていたの？」

「雑用があってね」彼はベッド脇のテーブルに小包を置いた。「見つけたとたん、あなたの顔が思い浮かんだんだ。ほら、開けてみて」

中に入っていたのは、極細の毛糸で編んだピンク色のストールだった。ドクター・ウィンターはストールをエセルの肩にかけてやり、一歩下がって眺めた。

「ぴったりだと思わないか、イゾベル？」

「すごくかわいい。よく似合ってます。紅茶をいれますか、ドクター・ウィンター？」

「いや、結構」彼はイゾベルを見た。「君も新鮮な空気を吸いたいだろうから、三十分ほど庭に出てみたらどうだ？　ナニーは僕が見ている。いつも来るメイドが明日午前中と昼食後に来てくれるから、その時間は好きに過ごすといい」

イゾベルは礼を述べ、上着を着て静かな庭園に下りていった。少し肌寒いが穏やかな空間は車の騒音がかすかに聞こえる程度で、鳥のさえずりが耳に心地よい。それからライラックの木の下にあるベンチに腰かけ、あたりの古い家々からする音に耳をすませながら、夕暮れとともに窓に明かりがともり、おいしそうなにおいが漂ってくるのを花の香りと一緒に楽しむ。イゾベルはきっかり三十分でアパートメントに戻り、まっすぐキッチンに向かった。エセルの部屋にも居間にも明かりはついていたが、どちらにも行こうとは思わなかった。

じゃがいもをゆで、玉ねぎを刻み、パイ生地を作りはじめたとき、ドクター・ウィンターが勢いよくキッチンに入ってきた。「そこにいたのか」彼は不必要に大きな声で言った。「庭園にいなかったから、ストックホルムの市街地で迷子になったかと思った。どうしてこっそり出たり入ったりする？」

あまりの剣幕《けんまく》に、イゾベルは思わず生地を伸ばす手をとめた。「私はずっと庭園にいました」言葉を選んで言う。「三十分たったから戻ったんです。そう言われていたから」いらだちで少し声が高くなった。「休憩の前後にいちいち報告が必要ですか？」

「まさか！　僕はただ……いや、僕のことはどうでもいい。ナニーはまた寝てしまった。それが終わったら、居間で一杯飲むといいよ」

イゾベルはパイをオーブンに入れ、約束のリヨネーズポテトを作る準備を整えてから居間に向かった。

ドクター・ウィンターは窓辺に立って外を見ていたが、イゾベルが入ってくると振り向いた。

「着替えたかったんじゃないのか？」

イゾベルは哀れむように雇い主を見た。「そのひまがなくて」穏やかに言う。

「ああ、そうか。ばかなことをきいた。これから僕が君に着替えを許しても、夕食を作ってくれるかな？」

「三十分ほど遅くなってもかまわなければ。それと、患者に用事がないかきいてもらえれば平気です」

ドクター・ウィンターはうなずき、グラスを差し出した。「その前に一杯どうだ？」

たとえ五分でも、彼がイゾベルを話し相手に望む理由はなかった。おとなしく華のない自分の容貌が男性にとってあまり魅力がないことは昔からわかっていたし、彼ほどの美貌の持ち主ならなおさらだろう。すばらしい家を持ち、おそらくは腕ききの医師でもあるのだろうから当然だ。イゾベルは急いでシエリー酒を飲みほし、ぼそぼそと言い訳をしながらキッチンに戻って料理の出来ばえを確認した。そして、エセルの部屋をのぞきがてら自室に向かった。

シャワーを浴びると気分がよくなった。本当は髪を洗いたかったが、そこまでの時間はなさそうだったので髪をきれいにとかし、控えめにメイクをしてから、プリーツのスカートと花柄のブラウスに着替えて居間に戻る。「二十分ほどで夕食にしますね」イゾベルはドア口から声をかけた。

窓際にいたドクター・ウィンターが、振り返って彼女を上から下まで観察した。「おや、特別な食事なのかな?」彼がからかう理由などないのだから、なめらかすぎる声など気にしない。イゾベルはキッチンに逃げこみ、扉を閉めてエプロンをつけた。

焼きあがっていたパイをオーブンから取り出すと、においにそそられたドクター・ウィンターが入ってきて、彼女の弟と同じ表情をした。その口から出た少年のような言葉に、イゾベルは思わずいとおしさを感じた。

「パイは大好物なんだ……。おなかがすいたな」

「ラム肉のあとに出しますから」イゾベルは器用な手つきでリヨネーズポテトを仕上げた。熱した油にポテトを入れると、彼は満足げににおいをかいだ。

「誰も君に求婚していないのが不思議だよ。君は看護師としても有能だが、それ以上にとびきりの料理人なんだね」

「家庭料理しかできませんけどね」イゾベルはやんわりと返し、ロールパンをかじっている彼を見ないようにしながらエセルのぶんを盛りつけた。「そんなに食べるとメインディッシュが楽しめませんよ」イゾベルは忠告し、ダイニングルームに向かった。

キッチンに戻ると、ワインボトルとグラスを手に現れた彼がエセルのトレイを運んでくれ、イゾベルは老婦人の背にクッションをあてがった。

エセルは鋭い目で食事のメニューを確認した。

「おいしそうね。デザートはなに？」

パイだと伝えてから、イゾベルはあわてて言った。

「よかったらプディングを作りますけど……」

「ばか言わないの！」老婦人は言った。「まだパイが消化できない年じゃないわ。得意なの？」

「評判はいいです」イゾベルは言い、ワインをドクター・ウィンターに任せてキッチンに戻った。

ダイニングテーブルの中央にキャンドルを立て、その両端に小さな花束を飾っていると、戻ってきてワインをついでいた彼があざけるように言った。

「状況が違えばロマンティックなんだろうな」

「ならやめましょう」イゾベルはそっけなく言うとキャンドルを消し、明るい電球に切り替えた。

ドクター・ウィンターはやんわりと言った。「気に入らないと言ったわけじゃないよ、イゾベル」

イゾベルは普段の穏やかさからは想像できないほど攻撃的な目をした。「そうですか？　私もロマンティックにしたかったわけじゃありません。サラダは一緒でいいかしら？　それとも、ラム肉のあとに？」

「一緒でいい。君を怒らせたようだな」ドクター・ウィンターはイゾベルが座るのを待ってから自分の椅子を引いた。まばゆい電球の下でも彼の端麗さは変わらず、イゾベルはぷりぷりしながらも、自分の平凡な顔にとってこの明かりは不利かしらと思った。

硬い表情で答える。「怒ってはいません、ドクター・ウィンター」そして無言でサラダを口に運んだ。

イゾベルが次の料理を取りに行くと、彼もキッチンについてきた。「電話をかけるなら廊下にあるよ」いつになくやさしい声で言う。

「うれしい。あの、イギリスにはいつごろ戻れますか？」

「ナニーしだいだが、少なくとも二日はここに滞在したい。グダニスクで手間取って少し興奮気味だが、きちんと体力を取り戻させたいんだ」

イゾベルがリヨネーズポテトをよそって渡すと、ドクター・ウィンターはお代わりをした。「予想していたことでした？」彼女は尋ねた。

「避けられればとは思っていたがね」

「彼女が出国できないとは思わなかった？」

「出国できないんじゃないかと、不安で震え出しそうだったよ！」

「嘘《うそ》でしょう！」

「いや、ほかの誰にも言うつもりはないが本当だ。ついでに、君が今回の仕事に適任だということも認めるよ、イゾベル」彼はキャンドルを持ってきて二人の前に置き、電球を消した。「ロマンティックにしたいわけじゃない」言い訳がましく言う。「その……感謝の気持ちを示しているだけだ」

その発言についてはあとで考えることにして、イゾベルは食べおわった皿を積み重ね、キッチンに運んでからエセルのようすを見に行った。老婦人も残さず食べていた。「おいしかったわ。私でもこんなふうには作れない。デザートのパイはまだ？」

エセルがパイをすっかり平らげると、イゾベルはコーヒーをいれ、老婦人を寝かせて居間に戻った。ドクター・ウィンターは読書にふけっていたので、おやすみを言って自分の部屋に戻る。立ちあがったものの彼は本に指をはさみ、早く一人になりたいと顔に書いてあった気がしたからだ。ベッドにもぐりこみながら、イゾベルは自分に言い聞かせた。本のほうが私よりおもしろいに決まっている。でも、料理は堪能してくれた。彼女は満足げな笑みを浮かべて眠りについた。

翌朝は息をつくひまもないほど忙しかった。朝食後にメイドのヘルガが来たとは言え、エセルの面倒と昼食の準備、洗濯はイゾベルの仕事だったからだ。ドクター・ウィンターはエセルの部屋をちょっとのぞくと食料品を買ってくると言ってすぐに出ていき、イゾベルはその後ろ姿を嫉妬に近いまなざしで見送った。外はよく晴れていて一、二時間でいいから表に出たかったけれど、洗濯をすませ、昼食を作り、二時に戻るというヘルガを送り出して居間で彼を待つ。

その間に電話をかけたが、母は帰国が数日遅れると聞いてもあせらなかった。「こっちは雨続きよ。天気がいいなら、いられるだけいなさい。仕事の調子はよさそうね。いい人なの?」

「ええ、そうなの、ママ。詳しいことは戻ったら話すわね」エセルに呼ばれ、イゾベルは電話を切った。

昼食にはふわふわのオムレツとロールパン、チーズと果物を用意した。「ヘルガは何時に戻る?」戻ってきたドクター・ウィンターが皿を洗いながら尋ねる。

「二時です」

「それなら、ナニーを寝かせて上着を取っておいで。君は休憩していいころだ」

十五分後イゾベルが居間に行くと、ヘルガが癖のある英語でドクター・ウィンターと話していた。

「何時に戻ればいいですか?」イゾベルは尋ねた。

彼がヘルガに言った。「僕たちは五時ごろ戻る。ナニーにも行き先は告げた」

「僕たち?」

「土地勘のある人間が一緒のほうが、いろいろ見られるだろう?」ドクター・ウィンターはすました顔で言った。

「その必要は……」残念だと思いながらも、イゾベルは断ろうとした。

「雇い主である以上、僕は君に対して責任がある」戻

イゾベルの中でふくらんでいたわずかな期待をきれ

いに打ちのめすような、そっけない答えだった。

それでも楽しいひとときだった。旧市街を散策したイゾベルは母に木彫りの馬の置き物を、弟には革のベルトをお土産に買った。ドクター・ウィンターに後押しされて、自分のために店頭に並んだ色とりどりのキャンドルも買った。

買い物がすむと、タクシーでミレスゴーデン彫刻庭園に向かった。カール・ミレスはスウェーデンの有名な彫刻家で、その作品が見られる庭園はドクター・ウィンターの言うとおり見逃せない名所だった。バルト海に面したテラスには無数の彫刻が飾られており、辛抱強く横に立っている彼のことも忘れて、イゾベルはその一つ一つに見とれた。最後のテラスに飾られた《神の手》を目の前にしたときは、彼の袖をつかみさえした。

「ねえ、見て。本当にすてき。こんなもの、見たことがないわ。言葉では……表せない……」

顔を輝かせるイゾベルを見つめたドクター・ウィンターは、平凡だった顔が興奮しただけでこれほど美しくなることに驚いた。

穏やかに言う。「まったく芸術的だよ。噴水を見に行こう。あそこにミレスの自宅とスタジオがあるのがわかるか？ そこからバルト海が見おろせる」

庭園が閑散としているのは、観光シーズンにはまだ早いせいらしい。もうひと月もすれば暖かくなって、薔薇《ばら》が咲き乱れるとのことだった。

「冬場はどうなんですか？」イゾベルはそう尋ねながら目を大きく見開き、口を少し開けて《人とペガサス》という彫刻を見あげた。

「大雪が降ると観光しにくくなる」

「冬のストックホルムに来たことは？」

「僕は冬のほうが好きだ」ドクター・ウィンターは出口に向かって歩き出していた。

「スキーができるからですね」

「ああ」

「むずかしいですか？」

「やる気しだいだな」彼はイゾベルのほっそりした体を見た。「君ならすべれるようになるよ」

「でもそんな機会はありませんから」イゾベルはあっさり言った。「そろそろアパートメントに戻りたいですか？」

ドクター・ウィンターは愉快そうな顔をした。

「なぜだ？　その前にお茶にしようか」

二人は市街地の気品のあるこぢんまりしたティールームに入った。薄いティーカップで飲む紅茶にはレモンと、巨大なクリームケーキが添えられていた。

「家まで歩こう」ドクター・ウィンターに提案され、イゾベルはうなずいた。狭い迷路のような道をアパートメントまで並んで歩いたあと、彼女は今日のお礼を言ったが、ドクター・ウィンターは自室に行くよう手で促しただけでヘルガと話しはじめた。

イゾベルがエセルの部屋をのぞくと、ベッドに弱々しく横たわっていた老婦人は、二人がどこでなにを見てきたのかを知りたがった。夕食は遅くなりそうねと思いながら、イゾベルは彼女に午後の出来事を逐一報告した。

しかしよけいな心配だった。やっとのことでエセルの部屋をあとにしたイゾベルを、ドクター・ウィンターはいらいらしながら居間で待っていた。

「夕食は外ですませる」午後の友好的な態度とは打って代わって、よそよそしい口調だ。「鍵を持って出るから先に休んでくれ。ナニーのようすは？」

イゾベルはがっかりした顔を見せまいとした。

「疲れたみたいです。彼女の夕食はどうします？」

「食事は軽めで、薬を忘れないように頼む」

夕食の献立が頭の中にできあがっていたイゾベルはキッチンに行き、冷蔵庫をのぞいた。スモークサーモンのパイ包みに、スウェーデン風ミートボール、ロールキャベツとエッグタルトを作るつもりでいたが、エセルだけなら簡単な卵料理とスープに果物を添えればいい。しばらくして、キッチンに身支度を整えたドクター・ウィンターが姿を表した。服を着替え、ひげを剃《そ》り直している。

「ナニーは回復したとまではいかないが、脈はしっかりしている。明日調子がよければ、あさっての飛行機を予約しようと思う。ぜひ起きられるようにしてやってほしい。緊急の用があれば、この電話番号に連絡をくれ」そう言って、メモ帳に数字を書きなぐった。「おやすみ、イゾベル」

イゾベルは明るい声でおやすみなさいと返し、急いでボウルと卵とスープの缶詰を出した。だが玄関の扉が閉まる音が聞こえると、持っていたものを置いてエセルの部屋に向かう。なんとなく一人になっていろいろ考えてしまうのが怖かったのだ。

その後はやたらと時間が長く感じられた。エセルは夕食のときもベッドから出たがらず、イゾベルは彼女をお風呂に入れ、テレビをつけてからオムレツを作りにキッチンに戻った。老婦人が眠りについたあとで自分の夕食を作ろうとしたが、一人分の食事を作るのがなんだかばからしくなり、ロールパンとゆで卵と雑誌を置いてキッチンのテーブルにつく。食後早々にベッドに入っても、イゾベルは目が冴《さ》えて眠れなかった。やっと睡魔に襲われたときも、ドクター・ウィンターはまだ帰ってこなかった。

翌朝驚いたことに、彼はまた観光しようと言い出した。だがいくらヘルガがいても、イゾベルにはアイロンかけとエセルの世話があった。

忙しいのでとイゾベルが断っても彼はなんとも思わなかったようで、昼食後には一時間休憩するようにと指示した。「明日は午後の便で発《た》つ」彼は続けた。「ナニーは調子がいいわけではないが、今のうちに帰国させたほうがいい。ヘルガは二時に来るから、君はそのときに休憩してくれ」

午前中は機嫌の悪い老婦人の世話とアイロンかけと夕食の準備に忙殺された。それでも彼が戻るころには、テーブルにおいしそうな料理を並べた。

食事中もドクター・ウィンターは礼儀正しく友好的で、食べおわった皿をヘルガが洗えるよう流しまで運ぶのを手伝うと、エセルの部屋に姿を消した。イゾベルは老婦人のために枕を整えると、一時間以内に戻ると約束した。ドクター・ウィンターが扉を開けてくれたので一緒に行くのかと気をもんだが、彼はあっさり〝楽しんでおいて、イゾベル〟と言っただけで、ストックホルム大聖堂の方に歩いていった。

イゾベルももう一度大聖堂に行ってみたかったけれど、行くあてもなく彼と反対方向に歩き出した結果、迷子になってしまった。しかし、大聖堂の尖塔《せんとう》のおかげで助かった。玉石で舗装された魅惑的な道沿いに並ぶ骨董品《こっとうひん》店の贅沢《ぜいたく》な調度品を三十分ほど眺めてから、大聖堂を訪れて壮大な内装を眺め、十五世紀の見事な彫刻である聖ゲオルギウスとドラゴンの像を見あげる。あまりにも長いこと眺めていたせいで急いで戻らなければならず、アパートメントに戻ったとたん不機嫌なエセルに紅茶をせがまれた。

話をしても老婦人の機嫌は直らなかったので、イゾベルはしかたなく彼女にストールをはおらせ、キッチンのクッションがきいた椅子に座らせて夕食の支度に取りかかった。ドクター・ウィンターが帰ったとき、イゾベルはパイ生地を、エセルはエッグタルト用の卵を割ったボウルを持って忙しくしていた。

体調がいいのか、エセルはイゾベルとドクター・ウィンターの間で夕食を食べ、上機嫌でポーランドでの生活を二人に語った。しかしドクター・ウィンターに促されると、文句一つ言わずに部屋に戻り、子供のようにすぐに眠りについた。

キッチンではドクター・ウィンターが洗い物をすませていたので、イゾベルはコーヒーを居間に運んだ。それから翌日の予定を静かに聞いたが、彼がそれ以上の会話を望んでいないとわかると、早々に自室に引きあげた。彼が私と一緒にいたいと思う理由などないわ。私の仕事はエセルの身のまわりの世話で、彼は私のことをただの看護師としか見ていない。私が美人だったら、話し上手だったら……。イゾベルは鏡に映る平凡な容姿を見つめ、それなら事情は違ったかもしれないと思わずにいられなかった。髪をとかし、鏡に向かってうなずく。「来週の今ごろには、彼は私のことなんて忘れているでしょうね」

帰りの便は市街地から四十二キロ離れたアーランダ国際空港を二時に出発予定だったので、午前中は大わらわだった。イゾベルはエセルを起こして着替えさえ、早めの昼食を用意し、わずかな持ち物をかばんにつめ、掃除をするヘルガを手伝った。空港ではドクター・ウィンターが手続きをする間、エセルと一緒に喫茶室で待っていた。搭乗アナウンスが聞こえると彼は車椅子を押して現れ、うとうとしていた老婦人を乗せて運んでいった。

そして搭乗口から機内まではエセルをかかえていき、窓際の席に座らせたあと、イゾベルにその隣に座るよう指示してから、自分は通路をはさんだ席に腰を下ろした。もうすぐ旅も終わるからほっとしているのね。新聞を広げるドクター・ウィンターを見ながら、イゾベルは思った。アパートメントを出て以来、私と縁が切れるのを歓迎しているかのように、彼はずっとよそよそしい。イギリスで看護が必要か尋ねたときも返事は曖昧だったから、エセルの世話は使用人に任せるに違いない。いちばん早く帰るにはどうしたらいいかを考えたほうがよさそうだ。

彼のことだから、負担がかからないよう私を帰してくれるだろう。ひょっとしたらタクシー代だって渡してもらえるかもしれない。明日は紹介所を訪れて、支払いと新しい仕事の確認をしなければ。それから洗濯をして、母に旅の話をしよう。

エセルが起きなければ、イゾベルの空想はずっと続いていただろう。「疲れたわ」老婦人は力のない声で言った。「なにもかもがあっという間だったし、住み慣れた土地を離れたし……あなたがいてくれると助かるわ、イゾベル」

そうなる可能性は低い、と今伝えるのは酷な気がした。イゾベルはポーランドの思い出話に会話を誘導しながら、気まずい時間が早く終わりますようにと祈った。

ほどなくヒースロー空港に到着すると、税関を通って運搬係に手荷物を渡す間、話をするひまなどなかった。ドクター・ウィンターは相変わらず手際がよく、三人はあっという間に空港の外に立っていた。

しかしイゾベルがどうしようかと考えるより先に、濃紺のロールスロイスが目の前でとまり、運転手が車から降りてきた。そしてドクター・ウィンターに短い言葉をかけ、運搬係が荷物をトランクに積むのを手伝うと姿を消す。エセルを後部座席に座らせ、イゾベルにその隣に座るよう無言でうなずいたあと、ドクター・ウィンターは運転席に座った。

背を向けられているせいで話しかけづらく、イゾベルはふかふかのシートにもたれてドライブを楽しむことにした。今後のことは家に着いてから尋ね、予定を知っておきたいこともやんわり伝えよう。自信家の相手って疲れる。けれど、イゾベルはふと思い直した。彼が自信満々だったからこそポーランドでも問題なく過ごせたし、やさしかったことも何度かあった。もうこれ以上彼について考えるのはやめよう。そこで、イゾベルはロンドン市街に入って興奮している彼のナニーに注意を向けた。

4

ドクター・ウィンターの屋敷ではどうやら手際のよさが重要らしく、車が邸宅の前にとまるなり、玄関から見覚えのある無表情な使用人が階段を下りてきた。だが主人をひと目見て、その表情が嘘《うそ》のようにぱっと明るくなる。ドクター・ウィンターはエセルをかかえて家の中を進んでいき、マホガニー材の巨大な扉を押し開けると、両端に窓のある細長い部屋に入った。部屋をきちんと見たいとイゾベルは思ったが、今は養育係《ナニー》を最優先にしなくてはならない。疲れはてたエセルの古びたコートを脱がせ、座らせてあげなければ。

「紅茶が欲しいわ」老婦人がか細い声で言うと、ドクター・ウィンターはあとから来たふっくらした女性に向かってうなずいた。

「全員分の紅茶を頼む」

だが紅茶が運ばれてくると彼は自分のぶんを断り、ソファテーブルに置いてあったウイスキーをついで袖椅子に腰を下ろし、グラスを上げた。

「おかえり、ナニー。明日あらためて祝うが、今日は疲れただろう。早めに休むといい」ちらりとイゾベルを見る。「ああ、そうだ、イゾベル……」

だがそれ以上言う前に扉が勢いよく開いて、軽やかな笑い声がした。「大丈夫よ、部屋はわかるから」

長身でほっそりしたつややかな黒髪の女性は、イゾベルが雑誌でしか見たことのない服を着ており、非常識なほど踵《かかと》の高いハイヒールで走ってきてドクター・ウィンターに抱きついた。「トーマス……どうして戻るって言ってくれなかったの？　今夜パーティがあるのよ。あなたがいないから迷ってたけど、一緒に行けるわね」両腕を彼の首にまわしてキスをする。「いったいどこへ行ってたの?」腕を下ろした美女は、背筋を伸ばしてエセルとイゾベルを見比べた。「誰?」

ドクター・ウィンターは女性の腕に手を置いた。「ミセス・エセル・オルビンスキは僕の昔のナニーだ。今日からここで暮らす。こちらは看護師のミス・バリントン」彼はエセルに向かってにっこりした。「こちらはミス・エラ・ストークスだ」

エラはつまらなそうにエセルにほほえみかけ、イゾベルには冷ややかなまなざしを向けた。「パーティは八時半からよ。夕食はそのあとにしましょう」

「残念だが、エラ、たった今帰ってきたばかりだからほかをあたってくれ。たくさんいるだろう?」

「もちろんいるけど」エラが頬をふくらませる。「私はあなたがいいの、トーマス」

「それは光栄だが今夜はやめておくよ、ダーリン。その代わり、明日ランチでもどうかな?」やりとりを楽しんでいるようでも、意志を曲げるつもりはないらしい。

「もういいわ。でも、少しだけ話がしたいの。お願いよ、トーマス」

「そんな顔をされたら断れないね」ドクター・ウィンターは笑い声をあげた。「先にナニーを二階に連れていくから、少し待っててくれ」老婦人を抱きあげ、イゾベルに向かって言う。「ミス・バリントン、一緒に来てくれるか?」

風通しも使い勝手もよさそうな広い部屋のベッド脇の椅子に、彼はエセルを下ろした。

「足りないものはミセス・ギブソンに頼めばいい」老婦人の頬にキスをする。「あとで見に来るよ」

イゾベルはあわてて走り寄り、断固とした口調で言った。「ドクター・ウィンター、教えてください……」

ドクター・ウィンターは足をとめ、彼女をじっと見た。「ああ……そうだった、イゾベル。君の部屋はミセス・ギブソンに案内させる」

「今夜は泊まるなんて聞いていません。明日の朝、私が帰る前に話しておくことはありますか？」

彼はいらだっているような、愉快そうな顔をした。

「帰る？　君はまだ解雇されていないだろう？　帰っていいと言った覚えはないが」

「そうですが、面接のときはふさわしい人が現れるまでが雇用期間だと言われました。ミセス・ギブソンがいるなら、もういいのでは？」

ドクター・ウィンターは冷ややかに言った。「ミセス・ギブソンは家政婦だ」

「わかっています。一時雇用の身かもしれませんが、少しは私の配慮もしてもらえませんか。先のことをなにも教えてくれないなんて……」

「おっと！」涼しげな目が楽しそうに輝いた。「謝らなければいけないね。やさしくお願いしたら、今夜は泊まってくれるかな？　明日の朝、きちんと話そう。それとも次の仕事が控えているのか？」

そうだと言いたかったが、彼女は首を横に振った。

「それなら……」ドクター・ウィンターはふと魅力的な笑みを浮かべた。「また明朝に」

彼が行ってしまうと階下でエラの笑い声になにやら答える声が聞こえてきて、なぜかイゾベルは寂しさを覚えた。けれどミセス・ギブソンがやってきたので、気持ちを切り替える。「ナニーの隣の部屋を用意したわ。間にバスルームがあるけど、扉を開けておけばお互いの声は聞こえるはずよ」家政婦はせかせか歩いていって扉を開け、足がうもれそうなほどふかふかの絨毯《じゅうたん》を敷きつめたパステルカラーのかわいらしい部屋にイゾベルを招いた。「ミスター・トーマスがなにも言わずに出ていったときは本当に心配したわ。でも、ナニーが二十年ぶりに戻ってきてみんな喜んでいるの。あなたも怖かった、ミス・バリントン？」

イゾベルは思い返して答えた。「怖くはなかったけど、エセルがすぐに出国できないと言われたときは不安でした。でも、ドクター・ウィンターにすべて任せていましたから」上着を脱ぎ、壁際にある紫檀《したん》材の三面鏡をのぞいて髪を整えた。

「そうでしょうね」ミセス・ギブソンはうれしそうにうなずいた。「ミスター・トーマスはいつでもなにをすればいいか、わかっているから」

イゾベルも無言でうなずいたものの、その考えをときどきまわりの人にも教えてくれればいいのに、と心の中でつぶやいた。グダニスクでひと晩ホテルに帰ってこなかったときだって、もし私がベッドから落ちて脚を折っていたら……。頭の中であらゆる可能性を想像していたイゾベルは、隣に立ってこちらを見つめているミセス・ギブソンに気づいた。

「ほかに用がないようなら、ミスター・トーマスが夕食をとるかきいてくるわ。ミスター・ストークスは、いつもどこかへ連れていけってせっつくの。私に言わせれば、今夜はゆっくり休んだほうがいいのにね。夕食は三十分後よ、ミス・バリントン。ナニーの寝る支度をすませたら呼んでちょうだい。話し相手は私に任せて、あなたはゆっくり食べてね」

二十分後エセルがベッドに横になると、イゾベルはブラウスを替え、メイクをして髪をとかした。ドクター・ウィンターがいるとは考えにくかったが、それでも少し緊張しながら階下へ下りていった。

廊下では満面に笑みを浮かべた使用人のミスター・ギブソンが待ちかまえていて、イゾベルを小さな部屋に通した。とはいってもほかの部屋に比べればというだけで、心地よい部屋にはインド更紗《さらさ》でおおわれた安楽椅子とソファが二つ置かれ、安楽椅子の間には暖炉もある。一人きりだとばかり思っていたイゾベルは、振り向いたドクター・ウィンターに驚いた。「ああ、いらっしゃったんですか！」

「どこかに行くとでも？」彼は言った。「ここは僕の家だ」

愉快そうな顔をするドクター・ウィンターに、イゾベルは赤面した。「わかってます」いらだった声で言う。「出かけるのかと……ミス・ストークスと」彼がなにも言わずじっと見つめているので続けた。「パーティに……」

「彼女には行かないと伝えたと思うが……」

「本気だとは思わなかったので」イゾベルは言い訳がましくつけ足した。「きれいな方ですね」

「君は僕のことがわかっていないようだね、イゾベル。僕は有言実行を心がけているんだ」

「つねにですか？」

「そうだ。食前酒にシェリー酒でもどうかな？」

「ええ……いただきます。でもあまり長居しないほうが……エセルが――」

ドクター・ウィンターはその言葉をさえぎった。「ナニーにはミセス・ギブソンがついている。昔話に花を咲かせているころだろうから、じゃましないほうがいい」

イゾベルはシェリー酒を飲み、彼に続いてダイニングルームに向かうと、控えめながらも壮麗な空間で使用人の視線を気にしながら食事をとった。アーティチョークのスープに始まり、舌平目のムニエル、フィレミニヨン、デザートにはトライフルというポートワインをしみこませたスポンジケーキとカスタードクリームがグラスで出された。空腹だったイゾベルは食事を全部平らげ、ワインを飲みながら会話を楽しんだ。明日の朝解雇されるなら、彼の口からはっきりと言われたい。ナニーに専属の看護師は必要ないし、家政婦や使用人がいればじゅうぶん対応できる。食事を終えたとき、イゾベルは思いきって尋ねた。「母に電話してもいいですか？」

「もちろんだ。家に帰る時期はまだわからなくても、ロンドンに戻ったと伝えておきたいだろう」

母は娘の帰国を歓迎しただけで、すぐに家に帰れないことは気にしなかった。「明日じゅうには戻れると思うけど」イゾベルは言った。「ドクター・ウィンターは絶対に教えてくれないの」

「あら、そうなの……。たしか、彼はあなたを雇うのを渋ったのよね。うんざりするような人なの？」

イゾベルは考えた。「ううん、そんなことはないけど。何時ごろ帰れるか、明日また電話するわね」

翌朝はすぐに屋敷を出られるように早々に荷物をまとめてから、帰ることは言わずにエセルの面倒を見た。けれどドクター・ウィンターの帰宅をミセス・ギブソンが伝えに来たのは昼近くで、イゾベルはすっかり待ちくたびれていた。

遅れたことに心のこもらない謝罪をしたあと、彼はなにげなく言った。「まっすぐここに来るつもりだったんだが、エラに会いたいと言われてね」

「それで事情はよくわかりました」イゾベルはあまりにも冷ややかな口調で言った。

ドクター・ウィンターの視線が鋭くなる。だが、次の言葉は驚くべき内容だった。「今朝、紹介所に連絡した。君にはもう一週間働いてもらう」

イゾベルはやっとのことで口を開いた。「今日、家に帰るつもりだったのに」怒り心頭だとはとても思えない冷静な口調だった。「言わせていただきますけど、ドクター・ウィンター、あなたって本当に思いやりのない雇い主だわ」

彼は興味をそそられたようだ。「そうかな？　言われる理由が思いつかないが。看護師としての仕事に場所や相手は関係ないだろう？　ところで君には支払いをしないとな。紹介所から言われたんだ……二日間休ませてほしいとも。だが、そこは一日で我慢してくれないか？」

「私に選択肢はなさそうですね。でも、いったん自宅に戻って服を持ってこないと」

ドクター・ウィンターは驚いた顔をした。「そうか？　今着ている服でじゅうぶんだと思うが、好きにすればいい。明日の昼食までには戻ってきてくれ。僕は出かけるが、ナニーのそばにいてもらいたい」

彼は机の前に座り、イゾベルをほとんど見ずに小切手帳を取り出した。「座って、イゾベル」

言い返したかったがうまい言葉が見つからず、彼女はしかたなく腰を下ろした。すました顔で部屋を見まわすと、ほどよい広さの部屋は壁という壁が本棚に占領されていて、窓辺のテーブルにも本や書類が乱雑に広がっている。机の上にさえ本や書類やパンフレットがうめつくさんばかりに山積みされていて、片づけたい衝動に駆られたが、少しでも手を触れたら激怒されるに違いない。ミセス・ギブソンが書類の一枚すら動かさないように羽根ぼうきで掃除している姿が目に浮かぶ。

ちらりと見るとドクター・ウィンターはイゾベルを凝視していて、顔を真っ赤にした彼女に言った。「考えてることがまるわかりだぞ、イゾベル。机の上を片づけたいんだろう？」彼女がうなずくと、ぴしゃりと言う。「絶対にさせない」ドクター・ウィンターが目の前に立ったので、イゾベルは顎を上げなければ顔が見えなかった。「最初の週の報酬だ。渡すのは紹介所にと言われたが、その場合君が手にするのが二週間も先になるそうだね。ずいぶんな話だ。僕が対応しておくから、その金は紹介所に渡さなくてもいい。ナニーの調子は？」

「順調です。着替えもしたし、私がここにいる間はミセス・ギブソンがついていてくれるそうで」

ドクター・ウィンターはうなずいた。「ナニーには昼間、一階の居間にいてもらおう。そこなら廊下を通る者の目につく。二、三日したら買い物に連れ出そうと思う。明日、君が戻ってからでもいい。車の運転と店の出入りはミスター・ギブソンに手伝ってもらおう」彼は考えこむように自分の爪をじっと見つめた。「座ったまま商品を選べる店がいいな。いや、ナニーが気に入りそうなものを君に選んでもらうのはどうかな？　よそ行きのドレスやなんかを」服についてあまり知らないようなその話しぶりに、イゾベルはかすかに笑みを浮かべた。「しばらくは外出の見通しが立たないが、コートも買ってしまってかまわない」

それ以上はなにも言われなかったし、その必要もなかった。イゾベルは静かに言った。「サイズを確認して、明日買い物に行ってきます」

「〈ハロッズ〉に行くといい。事前に連絡しておくから、先に名前を伝えること。さて、昼食にしようか？　午後は予定がつまっていてね」

私が足どめしているとでも言いたいのかしら？　イゾベルの胸に怒りがこみあげた。

自宅には思ったよりも早く戻れた。昼食を終えてそそくさと外に出ると、ダイムラーソブリンの横にミスター・ギブソンが立っていたのだ。「ごきげんよう、ミス・バリントン」先ほどまで一緒にいたのにおかしな挨拶をした彼は、荷物を受け取って車のドアを開けた。「ドクター・ウィンターから送るよう言われたのです。ご自宅はどちらですか？」

「クラパムコモンです。ありがとう」

「どういたしまして、ミス・バリントン。明日のお迎えは正午で大丈夫ですか？」

ドクター・ウィンターが正午と言ったなら、私の都合など関係ない。「大丈夫です」イゾベルは愛想よく答えた。せっかくの心遣いにけちをつけるつもりはなかった。

家に着くと同時に、母がちょうど玄関から出てきた。「ダーリン、よかった！」母がミスター・ギブソンにほほえんだので、イゾベルは二人を紹介した。「そちらの世界とこっちじゃ、大違いでしょう」母が笑いながら言う。「帰る前にお茶でもいかが？」

仮面のようだった使用人の顔に、やっと人間らしい表情が浮かんだ。「うれしいお誘いですが、すぐに戻らなければ。明日の正午にまた来ます」彼はイゾベルに荷物を渡し、挨拶をして帰っていった。

「驚いた」ミセス・バリントンは言った。「まるで別世界の人ね。今どき、めずらしいわ」

「あのお屋敷にはたくさんいるのよ」イゾベルは母を抱きしめた。「もう一週間働くことになって、今週分の報酬をもらったわ。本当は紹介所から渡されるんだけど、ドクター・ウィンターは気に入らない規則は曲げる主義だから」荷物を手に取る。「これを部屋に置いたら買い物に行きましょう。明日までに一週間分の服を用意して制服も洗わないと……」

「私の買い物は少しだけだから、早めにすませてお茶にしましょう。旅行のことやナニーのことを聞きたいわ」ドクター・ウィンターのことも聞きたいけれど、それはのちほど巧妙な質問に織りまぜればいい……。ミセス・バリントンはそう考えた。

けれど今までどんなことでも母に逐一報告してきたのに、イゾベルはドクター・ウィンターの話をすることができなかった。彼がハンサムだということ、比較的若くておそらくお金に不自由はしていないこと、昔のナニーによく尽くして優雅に暮らしていることなどをぽつぽつと話すのがやっとだ。それ以上話したがらないイゾベルに、ミセス・バリントンは興味をそそられた。娘はあと一週間、その彼の屋敷で過ごすのだ。それだけあれば、なにが起こるかわからない。少々現実離れした空想だったが、ミセス・バリントンは母親らしい顔でイゾベルを見つめた。この子なら結婚相手として不足はない。独身のドクター・ウィンターとグダニスクに行ったという非日常的な出来事が、大恋愛へと発展する場合だってありうる。

イゾベルの母がドクター・ウィンターの素顔を知らないのは、不幸中の幸いだった。戻ったときに玄関ででくわした彼は、恐ろしく不機嫌な顔をしていたからだ。イゾベルは知らなかったが、もう立派な大人になっていることも忘れて、エセルがドクター・ウィンターに結婚したほうがいいと説教していたらしい。「でも昨日の午後、あなたのいない間に頼んでもいないのに私の部屋にきたあの小娘はだめ」老婦人は烈火のごとく怒っていた。「あの子にナニーと呼ばれる筋合いはないわ!」

午前中を病院で忙殺されていたうえに、生き方についてい人に意見されることなど長い間なかったドクター・ウィンターは、やんわりとエセルをやりすごして部屋をあとにした。そこへ戻ってきたイゾベルから問いただすような視線を向けられたので、彼はぴしゃりと言った。「遅いぞ!」

だが見た目こそおとなしそうでも芯は強いイゾベルは、大声でどなられてもなんとも思わなかった。「いいえ」むずかる子供に話しかけるようなやわらかい声で答える。「正午と言いましたよね、ドクター・ウィンター」立派な振り子時計がちょうどそのとき時間を知らせはじめ、十二回鐘を鳴らした。

「午前中はずいぶん忙しかったんですね」

「ああ、まったくね」ドクター・ウィンターは言った。「君もナニーといい勝負だ!」彼は書斎に姿を消し、扉を閉めた。イゾベルは自分の部屋に寄ってから、エセルのようすを見に行った。

老婦人はイゾベルを見ると笑顔になった。「会いたかったわ。昔の友人に囲まれるのもうれしいけど、あなたのことが気になって」ちらりとイゾベルに目をやる。「あの小娘と結婚するなと言ったら、トーマスの機嫌を損ねて……」片方の頬をゆっくりと涙が伝う。イゾベルはそっとその涙をぬぐい、エセルの細い肩を抱いた。

「どうりで彼はむずかしい顔をしていたわけね」イゾベルはなるほどという顔でうなずいた。「でも大丈夫、すぐに忘れますよ。昼食前に服のサイズをはかってしまいましょう。そうしたら階下《した》に行ってなにがあるか見てきます。食べたいものは?」

「ラムチョップとポテト、それにミセス・ギブソン特製のゼリーがいいわ。怒るなんてトーマスらしくない。ここへ来たのがいけなかったのかしら……。私は厄介者なんだわ」また涙がこぼれる。

「そんなことありませんよ」イゾベルはエセルの頬にキスをし、急いでペンとメモ帳と巻尺を手に取った。そして新しい服のためにサイズをはかったり、紺か茶色で迷ったりしていると、エセルも元気を取り戻した。

老婦人に食事を出してから、イゾベルは階下のダイニングルームに向かった。人と話す気分ではないだろうと思っていたのに、ドクター・ウィンターは暖炉の前に立っている。しかし無表情なのは機嫌が直っていない証拠だろうと思い、イゾベルは無言で自分の席についた。

スープを飲む間も、二人は黙ったままだった。そのうち彼が駄々をこねている少年のように見えてきて、イゾベルは明るい調子で会話を始めた。「自宅に戻ったら母が喜んでいました。行きも帰りも送迎していただいて、ありがとうございます」

「それはよかった」彼はミセス・ギブソンの持ってきたデザートを断った。「すまないが、先に失礼する。午後は忙しいんだ。買い物にはタクシーを呼ぶんだぞ、イゾベル」

彼女は朗らかに言った。「あら、でも歩いたほうが体のためにも……」

「言われたとおりにしてくれ。立て替えた費用はあとで払う」

イゾベルは憤然とした。「払ってもらうつもりなんて……」だが、ドクター・ウィンターの姿はすでになかった。

表に出るとすでにタクシーが到着していて、イゾベルは彼に逆らう機会すら与えられなかった。しかし帰りは荷物が多かったので、タクシーでよかったと思った。〈ハロッズ〉で使った金額は軽いめまいを覚えるほどだったけれど、それでも提示された上限には達していなかったので、女性店員からは年配の女性向けだというファーのついたレインコートをしきりに勧められた。

「そんなに外出しないから」イゾベルは断りながらも、美しいコートをうらやましく眺めた。ドクター・ウィンターの結婚相手になる女性は幸運だ。ナニーのために数百ポンドを使える男性なら、妻になる女性が最高級の品でクローゼットをいっぱいにしても、文句なんて言わないだろう。

タクシーで戻ると、ミスター・ギブソンがすぐに現れて荷物を二階に運んでくれた。「お茶は飲んでこなかったのですね、ミス・バリントン？」

「ええ、そうですけど、もう遅いし……」

「いいえ、すぐにナニーの部屋に届けますよ」

イゾベルは感謝の気持ちをこめてにっこりした。

「やさしいんですね、ミスター・ギブソン。手をわずらわせてしまって申し訳ないわ」

「ミス・バリントン、あなたが私やほかの使用人の手をわずらわせるなんてことはありませんよ」

イゾベルが二階に上がるとエセルは興奮しきっていて、二人はそれから一時間以上も服の試着に明け暮れた。「紺か茶色がいいと言ってたけど、このドレスを見たとき、絶対に似合うと思ったんです」イゾベルが袋から水色と真紅のペイズリー柄が美しいウールのドレスを出す。「きれいでしょう？　それにこの靴はやわらかくて、リボンがかわいいわ。毎日ベッドから出ないといけませんよ。着るものがこんなにあるんだから」さらに包み紙の中から、ごそごそとなにやら取り出す。「この帽子も買いました。気に入らなければ返品できると言われたけど、コートによく合うと思って」羽飾りのついた縁のない帽子をエセルの頭にのせ、手鏡を渡す。「すてきでしょう？」

「たしかに」答えたのはドクター・ウィンターだった。「これからは出かけないとね、ナニー。見せる相手が二人じゃつまらない」彼は老婦人の頰にキスをした。「イゾベルの選んだものはどうだい？　ほかに欲しいものはあるかな？」

エセルはドクター・ウィンターの手をぎゅっと握った。「この美しい家にまた住めて、すてきな服を買ってもらったうえに、こんなやさしい子に面倒を見てもらえているんだもの、ほかにはなにもいりませんよ」

「僕もあなたにずいぶん面倒を見てもらった」彼は朗らかに言った。「夕食はダイニングルームで一緒にどうかな？　新しいドレスを着るといい」

イゾベルはドレスに着替えるエセルを手伝い、姿見の前に連れていった。

「あら、まあ……私も捨てたものじゃないわね」老婦人はイゾベルの方を向いた。「大変だったでしょう？」ほんの少し間を置いて続ける。「これから私のことはナニーと呼んでね」

「本当に？　なれなれしくないでしょうか？　それに、あと数日で雇用期間も終わりなのに」

エセルは明敏そうな目でイゾベルを見た。「あなたなら引く手あまたでしょうね。さよならを言うのはつらいわ。さあ、身支度をしていらっしゃい」

イゾベルは〈マークス＆スペンサー〉の今シーズ

ンの青いワンピースにするか、申し分ないデザインだが大人びて見えるクリーム色のリネンのワンピースにするか五分間悩んだ。最終的には雇われの看護師という自分の立場を思い出して、リネンのワンピースを選ぶ。この格好なら、誰も振り返ってもう一度見たりしないはずだ。

だがドクター・ウィンターにちらちらと目を向けられて、イゾベルは予想がはずれたと思った。あか抜けない容姿なのになぜ精いっぱい着飾らないのかと、不思議に思っているのだろうか。これで眼鏡をかければ、私はまるで厳しい家庭教師か重役の秘書だ。顔を上げるとドクター・ウィンターが凝視していたので、とっさに髪に手をやって不安げな表情を浮かべたが、彼はやさしく言った。「すてきだよ、イゾベル」

顔を赤らめるイゾベルを愉快そうに見つめ、ドクター・ウィンターはかわいそうにと思った。この一週間がずいぶんこたえたに違いない。だから明るい話題を選んでエセルとイゾベルを笑わせていると、夕食の準備が整いましたとミスター・ギブソンが伝えに来た。

そのとき玄関ホールがざわついたかと思うと、エラ・ストークスがミスター・ギブソンの脇をすり抜けて、ドクター・ウィンターの胸に飛びこんだ。

「トーマスの意地悪！」甲高い声で言う。「今夜はだめだって言うから、なにがそんなに忙しいのか見に来たのよ」彼女はエセルとイゾベルをちらりと見て、すぐにそっぽを向いた。ドクター・ウィンターが家にいなければならない理由がこの二人とは、夢にも思っていないのだろう。エラが手を伸ばしてネクタイを直すと、彼は眉間にしわを寄せた。「見て、あなたのために選んだドレスなのよ」エラがせがむように言う。「気に入った？」

彼女がくるりとまわると、高級そうなシフォンが魅惑的に体にまとわりついた。

「あなたのその格好でも大丈夫なイタリア料理のお店が――」

ドクター・ウィンターはエラの手をネクタイから離した。「悪いね、エラ。今日はナニーのお祝いをするんだ」

エラはかわいらしい顔でふくれっ面をしてみせた。

「それじゃあ、私もいていいわよね、ナニー?」エラを見つめ返すエセルの目は、行儀の悪い子供を相手にしてきた職業柄もあって氷のようだ。けれど少しひるんだだけで、エラはすぐに元気を取り戻して言った。「でも、この人がいれば出かけてもいいんじゃない? たしか、看護師だったわね? 話し相手がいるならかまわないでしょう」

「僕がいやなんだ」ドクター・ウィンターは静かに言った。「今夜は自分の家で食事をしたい」

一瞬エラの美しい顔が怒りで醜く見えたが、次の瞬間彼女はまた甘い笑みを浮かべた。「わかったわ、ダーリン、それなら私も仲間に入れて。高いドレスを新調したのに、家に帰って一人で食事なんてしたくない」

ドクター・ウィンターがどう思っているのか表情からは読めず、イゾベルは巧みに会話の主導権を握るエラをじっと見つめた。たしかにその話は魅力的で、しばらくすると彼も笑い声をあげた。

そこからはエラの独壇場だった。彼女は料理をほめ、小さな目でにらむナニーを称賛し、イゾベルのことは完全に無視した。唯一、イゾベルにかけた言葉は許しがたい内容だった。「その色はやめたほうがいいわ。もともと悪い顔色がもっと悪く見える。毎日地味な制服ばかり着ていると、服のセンスも磨かれないのかしらね」

ひどい言葉がたくさん頭に浮かんだが、イゾベルは黙っておいた。そのとき、ドクター・ウィンターが彼女の肩を持った。「それは違うよ、エラ。今夜のイゾベルはとてもすてきだ。服のセンスもいい」

エセルも重々しく言った。「センスはなくても、お金にものを言わせて店員にすべて任せる人もいるわ。孔雀《くじゃく》みたいな格好で胸をさらけ出さなくても、男性の気を引くことはできるのよ」

泣きたい気持ちでいっぱいだったイゾベルは、今度は笑いをこらえるので大変だった。ふと見ると、ファッションにうとい彼は話についていけていないようだった。「服って楽しいわ。憧れの一枚がたくさんあるもの。〈ハロッズ〉で好きなものを選んでいたら、お金がいくらあっても……」

エラが青い目をイゾベルに向けた。「〈ハロッズ〉ですって？　どちらかと言うと〈マークス＆スペンサー〉がお似合いじゃない？」

「ええ、そうね」イゾベルは冷静だった。「〈ハロッズ〉ではナニーの服を選んだんです。グダニスクからはあまり持ち帰れなかったから」

「あの旅行のことね！」エラは言い、うっとりするような笑みをドクター・ウィンターに向けた。「あなたって本当にすてき。ぞっとするような場所から人を救い出すなんて」

「ポーランドは別にぞっとするような場所じゃない。むしろ、楽しんできたよ。なあ、ナニー？」

ドクター・ウィンターがあたりさわりのない土産話を始めても、エセルとイゾベルにとって楽しいはずの夕食はだいなしになっていた。それでもイゾベルは、意地悪なエラになにを言われても気にしてはだめよと自分に言い聞かせた。おそらく二度と会うことのない相手だからだ。ただ、彼がエラを結婚相手に選ぶとしたらとても残念だ。きっとなんでもわがままを通してきた女性だから、彼が知らないうちにエセルを老人ホームに入れかねない。

食事が終わって間もなく、エセルが疲れたから休みたいと言い出し、イゾベルはほっとした。だから、老婦人をかかえて二階にあがったドクター・ウィンターからコーヒーはどうかと言われても、丁重に断った。階下で待っている不快な女性とは極力かかわりたくなかった。

エセルはさほど疲れてはいないようで、若いエラの無礼な態度に怒りつづけた。「家族みたいな顔をしてずうずうしいこと！　トーマスはあの小娘のどこがいいんだか」イゾベルが頭からパジャマをかぶせても、文句はとまらなかった。「あんな小娘の言うことは聞き流せばいいのよ、イゾベル。そのワンピースは本当に上品ですてきだわ。あんなにひどいことを言われてもやさしい言葉を返せるなんて、私が育てたのかと思ったくらいよ」老婦人にとっての最高のほめ言葉なのだろう。

「小さいころ、うちにもナニーがいました」イゾベルは言った。「私が小学校に上がるころに、結婚して辞めちゃいましたけど。オーストラリアに住んでいて、いまだに連絡を取り合っているんです」

エセルはうなずいた。「初めて会ったときから育ちがいい子だと思っていたわ。苦労したのね」

イゾベルは老婦人に毛布をかけ、ベッドの端に座った。「十年前に父が亡くなって家を売ったんです。でも、クラパムコモンのメゾネットのフラットも母はとても気に入っていて。高校生の弟はとても優秀だから、きっといい大学に入れると思うんです」

「それで看護師をしているのね」エセルはイゾベルの手をやさしくたたいた。「病院に勤めたくはないの？」

「勤めたいけど、個人を看護するほうがお給料がいいから」イゾベルは明るく答えた。「それに次はどこへ派遣されるか、いつもわくわくするんです」イゾベルはエセルの頬にキスをした。「もう休んだほうがいいですよ。おやすみなさい」

翌朝一人で朝食をとっていたとき、ドクター・ウインターがダイニングルームにやってきた。「ゆうべは悪かった。エラは一人っ子で、甘やかされて育ったんだ。話の内容をあまりまじめにとらないでやってくれ」

「謝らないでください、ドクター・ウィンター。私は気にしていません。ナニーは少し気分を害してい たけれど、それは久々のイギリスだからでしょう。きっと二十年前とはずいぶん違うんでしょうね」

「ああ。どうしたら機嫌を直してくれるかな?」

「ミスター・ギブソンに運転してもらって、ドライブに連れ出してあげたらどうでしょう? 新しい服も着たいでしょうし、ペッカムライに姪ごさんがいるみたいです」

「名案だ。ナニーが行きたいならいつでもいい。二、三時間ならミスター・ギブソンに頼もう」

イゾベルは皿に視線を落とした。「私も運転できますが」小さな声で言う。

「それも才能の一つか? 渋滞は平気かな?」

「ええ」父が亡くなってから、母をロンドンによく連れ出したことは伝えなかった。最近はあまり運転していないが、腕は落ちていない。

「それなら明日、ダイムラーソブリンを使ってくれ」

運転の腕を疑うでもなく、くどくど忠告をするでもないドクター・ウィンターに内心驚きながら、イゾベルは静かに礼を言った。少なくとも信用されているようだと思うとなんだか胸の内が温かくなり、自然と笑みが浮かぶ。出ていこうと立ちあがったドクター・ウィンターは、そんな彼女の表情に魅了された。エラとは比べものにならないほど平凡な女性だが、イゾベルには人をほっとさせるぬくもりがあった。

5

しばらく楽しい日が続き、その間イゾベルはおめかししたエセルをドライブに連れ出したりした。テムズ川にかかるヴォクスホール橋を渡った先がペッカムライだ。同じような煉瓦《れんが》の家が並ぶ細い通りで少し迷ったが、なんとか目的の家にたどり着いたイゾベルは、勢いよく飛び出してきた男性に言った。

「こんにちは、ミセス・エセル・オルビンスキを連れてきました」

男性は一瞬、呆然《ぼうぜん》とした。「伯母のエセルが……ここに？　いったいどうやって？」

「ドクター・ウィンターがポーランドから連れて帰ったんです」

男性はやっとにっこりした。「こいつはたまげた。母さんが聞いたら腰を抜かすよ！」彼は家の中に向かって大声を張りあげてから、イゾベルの方を向いた。「伯母はどこだね？」

「車の中です。脚が悪いので運んでくれますか？」

そこからは大わらわだった。挨拶が交わされ、香りのいい紅茶が出され、隣人が入れ代わり立ち代わりやってきた。記念すべき日にふさわしいポートワインもふるまわれた。家族と別れるのをひどくいやがったエセルは、翌日また来るからとイゾベルが言うまで帰ろうとしなかった。

雇用期間が終わるまではこれが私の役目なのだ、とイゾベルは気づいた。ドクター・ウィンターにも異論はないようだったので、午後になるとペッカムライに車を出し、おいしい紅茶とおしゃべりを楽しんでは帰るという日々を送った。

たいして用事があるわけではないが、イゾベルの一日は長かった。おしゃべり好きのエセルは着替えや食事に時間がかかるので、一人になれる時間はほんのわずかだったからだ。夜、老婦人から解放されたあとは、一緒に食事をするものと決めつけているドクター・ウィンターとの夕食が待っていた。しかし、毎日エセルのようすを尋ねては部屋に顔をのぞきに行く彼は、なにかほかのことに気を取られているようで、心配事があるというよりはなにかの是非を真剣に考えているみたい、とイゾベルは思った。患者のことかしら？　厳しい表情でなければ尋ねるのに。

　週も後半に入ったある日、スープを前にしたドクター・ウィンターは言った。「君はあまり話さないね」

　疲れて機嫌が悪いのだろうか？　イゾベルはやさしい声で言った。「あなたが話したくないようでしたから。一人になりたいのなら遠慮せずに言ってください。私は別の場所でもかまいません。養育係《ナニー》も誰かと一緒に食べたいみたいですし……」

「僕は違うと？」彼は怒っているようだ。

「そうじゃありません」彼女は理性的に答えた。「自分でもおかしいことを言っていると思いませんか？」

　ドクター・ウィンターは好奇心をそそられたようだった。「どういう意味だ、イゾベル？」

「一日じゅう、患者や病気のことを考えながら過ごしているのに、帰って看護師と顔を合わせるなんて、うんざりすると思います」

「それなら、どうすればいい？」彼はあざけるような笑みを浮かべた。

　イゾベルはその冷笑を無視した。「外食するか、誰か食事に誘ったらどうでしょう……ミス・ストークスとかを」

「彼女が僕を楽しませてくれると思うのか？」ドク

ター・ウィンターは低い声で言った。美人だし、あなた
「できるんじゃないでしょうか。美人だし、あなた
のことを笑わせるのが上手だから……」
「君は下手なのか？」
イゾベルはうなずいた。「ええ」少し考えて、つ
け加える。「あんなふうには笑わせられません」
ドクター・ウィンターは答えず、しばらくして言
った。「今日、カールに電話した。よろしくと言っ
ていたよ。いつかまた会いたいと」
「いい人ですね。私も会いたいけど、無理でしょう
ね」
彼が意味深長に眉を上げた。「旅行が嫌いなのか、
イゾベル？」
「もちろん大好きだけど、機会があまりありません
から。だから、この二週間は一生忘れません」
ドクター・ウィンターはイゾベルの顔ではなく、
目の前に置かれた野菜料理をじっと見つめた。「僕
もだ」ミスター・ギブソンが部屋を出ていくと、彼
は言った。「ボーイフレンドはいるのか、イゾベ
ル？」
あまりに唐突な質問にあっけにとられたあと、イ
ゾベルはやっと口を開いた。「いいえ、一度も。き
っとこの先もいないと思います」
「なぜだ？」
「ごらんのとおり、私は地味だから」イゾベルは言
った。「それに、人に……男性に会う機会も少ない
し……」
皿を下げに来たミスター・ギブソンがデザートを
置いてまた姿を消すと、イゾベルは続けた。
「雇用期間があさってまで変わらないなら、明日
紹介所に電話してもいいですか？　すぐに次の仕事
が欲しいんです」
「少し休めばいいのに」おざなりな言い方だった。
「今回の看護は大変じゃないので平気です」

「次の仕事は場所がどこだろうと引き受けるつもりか?」

「ええ、まあ」

「ナニーのことはすぐに忘れてしまうんだろうな」

「いいえ。大好きな彼女に会えなくなるのは寂しいわ。絶対に忘れません」

「僕のことは忘れても?」無関心な口ぶりだ。

「あなたは私の患者じゃありません」

「答えになっていないよ、イゾベル」ドクター・ウィンターはあざけるように笑ったが、彼女はにこりともしなかった。忘れられるわけがない。彼の記憶は一生つきまとうだろう。眠れば夢に出てきて、鏡を見ればきっと幻が見えるはずだ。今ごろになってずっと彼に恋していたと気づくなんて……。

イゾベルは平静を装い、きっぱりと言った。「あなたのことも忘れません、ドクター・ウィンター。あの一週間の旅はすばらしかったですから。少なくとも私にとっては」

彼は真顔でうなずいた。「僕も同じだ。君にはずいぶんと助けてもらったのに、礼も言っていなかったな。しかしすまないが、そろそろ……」

イゾベルは立ちあがり、おやすみなさいと静かに言って二階に上がっていった。まだエセルの寝る時間ではなかったから、三十分でも一人で過ごせてありがたかった。

もう二度と彼に会えないと知りながらここを出ていくのはつらいだろうけれど、立ち向かわなければならない。学生のころに男の子に熱をあげた時期もあったし、病院の研修医を本気で好きだと思ったこともあった。でも、トーマス・ウィンターに対する思いはどんな感情よりも深いものだ。二度と彼の顔を見ることはないとわかっていても、愛さずにいられない。でもあまり好かれていなかったから、かえってあきらめがつくかもしれないわ、とイゾベルは自分に言い聞かせた。

エセルはご機嫌ななめだったので、イゾベルは本を朗読した。ありきたりの恋愛小説だったが、老婦人は熱心に聞き入り、イゾベルがやめると最後まで読むようせがんだ。「二人がちゃんと結婚したとわかったほうが、よく眠れるもの」

イゾベルはしかたなく最後まで読んだ。最終章が短くて救われたが、もの悲しさがつのる。少なくとも、私にとって現実はそう甘くない。

エセルは満足そうなため息をついた。「そうあるべきなのよ。恋する人はみんな幸せにならないと。あなたもそろそろ結婚したら、イゾベル」

「イゾベルは仕事と結婚しているんだ」ドクター・ウィンターがドア口から言った。「なぜまだ起きている、ナニー？」

「失礼します」イゾベルは立ちあがって逃げるように出ていこうとしたが、力強い手に腕をつかまれた。

「君にも聞いておいてもらいたい話がある」ドクター・ウィンターはベッドに座って、エセルの節くれだった手を取った。「僕は少し家を空ける。帰りはあさっての夜遅くの予定だ。イゾベルはその日の朝にここを発《た》つから、あなたのことはミセス・ギブソンに頼んでおいた。午後のドライブはミスター・ギブソンに任せればいい」

エセルはドクター・ウィンターの顔をのぞきこんだ。「やさしいのね、トーマス。友人に囲まれて私は幸せよ」彼女は咳《せき》ばらいをした。「イゾベルがいなくなるのは寂しいけど、ほかの患者が待っているのね」老婦人は彼がキスできるよう頬を差し出した。

ドクター・ウィンターは立ちあがった。「おやすみ、イゾベル」彼女を一瞥《いちべつ》してかけた言葉は冷たかった。彼が出ていってしまうと、イゾベルはベッドに駆け寄った。エセルが泣いていたからだ。

「ドクター・ウィンターならすぐ戻りますよ」イゾ

ベルがなぐさめると、老婦人は声を荒らげた。

「そんなことで泣いてるんじゃないわ」彼女は涙をぬぐった。「もう寝るわね。おやすみ」

イゾベルもベッドにもぐりこんだが、その夜は一睡もできなかった。午前六時にやっと睡魔が襲ってきたと思ったら、エセルの声がした。

「紅茶が飲みたいの」彼女は言った。「朝早くからすまないけど……一緒に飲まない？」

屋敷は静まり返っていたので、イゾベルはそっと階段を下り、キッチンで紅茶をいれた。トレイを持って玄関ホールを横切った瞬間、書斎の扉が開いてドクター・ウィンターが顔を出す。「びっくりした！」それから言い足した。「ナニーのために紅茶をいれたんです」

「ナニーは眠らなかったのか？」

「いいえ、ちゃんと休みました」

ドクター・ウィンターの目がさぐるようにイゾベルを見た。茶色にグレーがまじった髪に縁取られた顔は睡眠不足のせいで青白い。「君は眠っていないみたいだね」

こんなに早い時間なのにドクター・ウィンターはひげを剃《そ》り、スーツを着ていて、イゾベルはふと彼が出かけると言っていたことを思い出した。エセルの用事がなければ、二度と会わなかったはずだ。

「出かけるんですね、さよならも言わずに」そう言ってから、冷静に言葉を続ける。「あなたが私に別れを告げる理由はありませんよね。楽しんできてください」

ドクター・ウィンターはイゾベルの持っていたトレイをそばのテーブルに置いた。「さよならを言ってほしかったのか、イゾベル？　それならちゃんと言おう」彼女を抱き寄せると熱いキスをし、身を引いてからそっけなく言う。「もう一度君に会うつもりはなかったよ、イゾベル」

彼はしばらく、睡眠不足で顔がむくみ髪もぼさぼさのイゾベルを見つめていた。トレイを渡されてもイゾベルはなにも言えずにいたが、〝紅茶が冷めるぞ〟とぶっきらぼうに言われて階段を駆けあがる。彼から離れたい一心で、足がもつれそうだった。私のことをなんとも思っていないのに、あんなふうにキスをするなんて。きっとからかわれたのね。彼は一時間で忘れるかもしれないけれど、私は一生忘れられないだろう。

朝が早かったせいで、その日はいつも以上に長く感じられた。イゾベルはエセルをペッカムライに連れていき、帰ってから寝る時間までトランプにつき合ってから、早々にベッドに入った。数少ない持ち物はかばんにつめてしまったし、報酬も受け取った。イゾベルの名前がなぐり書きされた封筒には、小切手が入っていただけだった。母には午後帰ると連絡しておいたので、もうなにもできることはない。運命は変えられないのだ。

ミスター・ギブソンは主人からの指示だと言って、車を出してくれた。涙ながらに別れを惜しんだのはエセルだけではなかった。ミセス・ギブソンやほかのメイドたち、庭師の老人まで別れを告げに来てくれて、イゾベルは泣きたくなった。

車をイゾベルの家の前でとめたとき、いつも無表情なミスター・ギブソンは頬をゆるめた。「あなたがいないと寂しくなります、ミス・バリントン」

イゾベルの目がふたたびうるんだ。「私もです。一緒に仕事ができて楽しかったわ」彼女は逃げるように家の中に駆けこんだ。でないと、道端で大声をあげて泣いてしまいそうだった。

母はそんな娘の涙に気づかないふりをしてくれた。「紅茶をいれたわ。使用人の方たちと親しくなったのね。ミセス・オルビンスキを海外まで迎えに行くなんて、大変な仕事だったでしょう。ドクター・ウィンターはきちんとお礼を言ってくれた？」

イゾベルは粗末な肘掛け椅子に腰を下ろした。口づけされたときのことがまざまざと思い出され、血の気が引く。「ええ、もちろん。今は出張中だけど」なんとか笑顔を作る。「ナニーが恋しいわ。口は悪いけど、かわいらしい人なの。報酬ももらったから、明日銀行に行った足で紹介所に行かないと……」

ミセス・バリントンは紅茶をカップについだ。

「少し肩の力を抜いたら？」

「明日はゆっくりするつもりだから、どこかにランチでも行く？」

「いいわね。さあ、旅行の話を聞かせて。私もストックホルムに一度行ってみたいわ」

翌日イゾベルが看護師紹介所に立ち寄ると、次の日から始まる仕事を依頼された。相手はおたふく風邪にかかった有名な女優だと紹介所の担当者は言ったが、聞いたことのない名前だった。

「かかったこと、あるわね？」担当者の女性は鋭い視線を投げかけ、イゾベルがうなずくとほっとした顔をした。「短期の仕事で、当然住みこみよ」彼女は冷ややかな笑みを浮かべた。「ドクター・ウィンターはあなたにずいぶん満足されたようね。お金のやりとりは感心しないけど、重要な顧客と争う気はないわ」スイッチが切れたように顔から笑みが消える。「それで、仕事は引き受ける？」

「もちろんです」イゾベルは言った。おたふく風邪だろうと有名な女優が隣にいれば、トーマス・ウィンターのことを考えずにいられるだろう。

だがミランダ・ルクルと一日過ごしたあと、イゾベルはくたくたになってベッドにもぐりこんだ。トーマス・ウィンターの大きな屋敷で過ごしたあとでは自分の家がやたらと小さく感じられたが、ミランダの家はさらにひどかった。狭いわけではなく、むしろどの部屋も広く天井も高かったが、ひだ飾りのついた化粧台とふかふかすぎる椅子でうめつくされていたうえに、絨毯《じゅうたん》は足を取られそうになるほど毛足が長かった。窓は贅沢《ぜいたく》な分厚いカーテンにおおわれ、どこを向いても女優の引き伸ばした写真が飾られていた。

本物のミランダはキングサイズのベッドに寝ていた。写真では美人だったが、今は顔の下半分が腫れあがって風刺画のように見える。イゾベルは最初こそ同情したものの、女優の態度にその気持ちはどんどん冷えていった。

「やっと来た！」ミランダは大声で言った。「ちゃんと仕事はできるんでしょうね。私、こんなに気分が悪いのは生まれて初めて。かかりつけの医者なんて今朝、私を見て笑ったのよ。キプロス島で写真の仕事があるんだから早く治さないと。どうにかしてちょうだい」

「医者に任せれば治りますよ。本当にひどいのは数日間だけですから」イゾベルが落ち着き払って言っても、ミランダはぶつぶつ言った。

「そうだといいけど。面会はすべて断って。毎日来るメイドのウィニーって子には口どめ料を払ったわ。あなたも誰かにしゃべったりしないこと」

「患者のことは口外しません、ミス・ルクル」イゾベルはやさしく言った。「かかりつけ医の往診は午後でしたね。寝室を片づけている間に、お風呂に入ってはいかがですか？」

ミランダほど口うるさい患者は初めてだった。高熱があるわけでも喉が腫れているわけでもないのに不平を言う彼女を見ていると、イゾベルは関節痛に悩まされながらも文句一つ言わなかったエセルを思い出さずにいられなかった。すると当然ながらトーマス・ウィンターに思いをはせることになって、いとしさと悲しさに胸が締めつけられた。彼は今、どこでなにをしているのだろう？　私のことを少しでも考えている？　まさかね。

　それ以上もの思いにふけるひまはなく、イゾベルは一日じゅうミランダの要求に応えつづけ、ベッドに入ると眠い目をこすりながら、彼女には看護師なんて必要ないわと思った。眠りに落ちる寸前に必ず思い浮かぶのは、トーマス・ウィンターの姿だった。彼もおたふく風邪にかかったことがあるかしら？　小さいころの彼はきっとかわいらしかったに違いない。エセルに幼少期の彼の話を聞いておけばよかった、とイゾベルは後悔した。ずうずうしいと思われただろうか？　でも彼についてあまり知らないほうが、早く忘れられる気もする。

　長い一週間も終盤を迎えようというころ、愛する人を忘れるのにどれだけの年月が必要だろうとイゾベルは考えた。いいえ、忘れることなどできない。記憶の片隅に押しやることもできず、ことあるごとに彼の顔が脳裏に浮かぶ。ミランダが面倒な用事を言い出すたび、イゾベルはなにもかもかなぐり捨てて屋敷を飛び出したい衝動に駆られたが、そんなことができるはずもなかった。ボビーの学費の納入期限が目前に迫っている今、どんな仕事も断れない。それでも時間を戻せるなら、初めてトーマス・ウィンターに会った日に戻りたかった。

　二週目もなかばを過ぎたとき、医師はミランダに外出を許可した。「もう治りましたよ」彼は言った。「日にあたったほうが、顔がもとどおりになります」

その言葉を聞いたミランダは鏡台に駆け寄り、うつろな顔をのぞきこんだ。

「私の顔、たるんでる？」問いつめるようにイゾベルにきく。「さっきの言葉ってどういう意味だと思う？　病気でキャリアを棒に振るのはごめんよ」

　イゾベルはベッドを整えていた手をとめた。「申しぶんないですよ」彼女はぴしゃりと言った。「有名な女優だって美人じゃない人はたくさんいるのに、なにがそんなに心配なのかわからないわ」

「でしょうね」ミランダも負けじと言い返した。「あなたみたいな平凡な子は、見た目の心配なんていらないもの。看護師はみんな仕事が命なのね」彼女はくすくす笑いながら鏡に視線を戻した。「なかなかの働きぶりだったわ。医者に言われたとおり、今日は外に出てみようかしら。たしか、あと二日の契約だったわよね？　じゃあ、明日からもういなくていいわ。紹介所にそう伝えればいいの？」

「ええ、でも一週間の契約ですから、打ち切っても一週間分の料金は発生します」

ミランダは青い目を大きく見開いた。「嘘《うそ》でしょう！　まあ、いいわ。ボーイフレンドにうまく話をつけてもらうから。チップは必要？」

「結構です」イゾベルは冷たく答えた。ミランダ・ルクルは美人で才能もあるかもしれないが、育ちのよさというものが欠けているようだ。イゾベルはキッチンにいたウィニーに女優にコーヒーを持っていく役目を任せ、屋敷の階段を下りていった。表に出ると気分がよくなり、家に帰ろうと近くのバス停に向かう。戻ったら真っ先に看護師紹介所に連絡して次の仕事を見つけてもらうつもりだったが、少なくとも今日一日は自由に過ごしたかった。

家の庭では、母が洗濯物を干していた。ブロッサムがその足元にいる。イゾベルを見るなり、母はうれしそうに言った。「仕事は終わったの？　それともお休みをもらっただけ？」

「もう戻らないわ」イゾベルはブロッサムを抱きあげた。「家に帰るとほっとするわね」

「コーヒーでもどう？　そうそう、あなた宛に小包が届いているわ。三日前に来たんだけど、なにも送るなって言うから……」

イゾベルはきれいに包装された小さな箱を何度か引っくり返してから、ゆっくりと包装紙をはがした。

革の箱に入っていたのはビロードにくるまれた琥珀《こはく》のネックレスで、トーマス・ウィンターの字で〝イゾベルへ、感謝をこめて〟と書きなぐられたカードも添えてあった。

「かわいらしいわね」ミセス・バリントンが後ろからのぞいた。「ネックレスのことよ。カードはとっても事務的だけど」

「あまり好かれてなかったのよ、私」イゾベルはまじめな顔で答えた。

「こんなすてきな琥珀を贈ってくれたのに?」

そっと琥珀に触れたイゾベルは、ポーランドでドライブした日にソポトの小さな店を訪れたことを思い出した。ショーケースに飾られていたこのネックレスをじっと眺めていたことも。あのとき、彼はこれを買っていたのだ。もちろん、私のためだったかどうかはわからない。

「お礼の手紙を書かなきゃ」イゾベルは箱をそっと閉じ、考えこむような顔をした母に明るく言った。

「ポーランドは琥珀で有名なの」

「あなたの青いドレスに合いそうね。引き出しにしまいこむなら、私が借りようかしら」

その夜、イゾベルは青いドレスに琥珀のペンダントを合わせて堅苦しい礼状を書いた。片思いの相手に気持ちを悟られないように手紙を書くのが、こんなにつらいとは思わなかった。翌朝届いたその手紙を、トーマス・ウィンターは謎めいた顔で何度も読み直し、そっとポケットにしまった。

イゾベルが看護師紹介所に電話すると、次の仕事が待ちかまえていた。ハムステッドに住む年配男性は心臓に持病があるから外出できないが、来てくれるなら今夜にでもイゾベルを迎えに行くと申し出た。今日一日は家で過ごすつもりだったイゾベルは躊躇《ちゅうちょ》したけれど、〝遅くともあさってまでの仕事だから〟という担当者の言葉に背中を押されて仕事を引き受けた。

年配の運転手が家の前に車をとめたとき、イゾベルはふたたび母に別れを告げた。運転手は雇い主の家に着くまで、いろいろと話をしてくれた。患者は八十歳をゆうに超えた男やもめで、家族はばらばらに暮らしているという。年老いた忠実な家政婦と通いのメイドが数人、それにこの運転手が今は家族なのだろう。「毎日、てんやわんやだよ」運転手は言った。「家政婦はもう若くないし、手伝いに来る二人のメイドはなにをしていいのか見当がつかなくて、かかりつけの医者にすぐ看護師を雇うよう言われたんだ。徹夜になりそうだが、大丈夫かね？」

「ええ」イゾベルは表情を引きしめた。「そんなに疲れていませんから」窓の外を見る。「ここですか？」

堅苦しい外観の大邸宅の幅の広い階段を上がり、イゾベルは大きな扉の前に立った。


その十二時間後、彼女は同じ階段を下りた。担当者に言われたとおりの短期の仕事だった。

「眠りなさい」徹夜したせいで青白い顔で帰ってきたイゾベルに、母は言った。「明日は休んで庭の草むしりと、カーテンの洗濯をしましょうよ。カーテンは私じゃ手が届かないんだもの」

家にいるとほっとした。翌日イゾベルは庭いじりをしながら、ブロッサムと遊んで過ごした。よく晴れた暖かい日だったので、キッチンのカーテンをはずして洗濯し、アイロンをかける。それでもお茶の時間の前に脚立に上がり、慎重な手つきでカーテンを窓に戻すことはできた。半分ほど取りつけたところで、居間の窓から母が声をかけた。

「ロールスロイスに乗ってる人に心あたりある？」

イゾベルは窓枠に手を伸ばし、カーテンを引っかけた。「パパのお友達が何年も前に乗っていたけど……あっ！　ドクター・トーマス・ウィンターも乗っているんだった」隣の部屋にいる母に聞こえるよう声をあげる。「でも、ここには絶対に来ないわ」最後のフックをレールに引っかけ、あわてて言う。

「ママ、もし彼だったら私はいないって――」

手遅れだった。キッチンのドア口に立つトーマスのせいで、小さな部屋がよけいに小さく見える。イゾベルは脚立の上にちょこんと座り、無言のまま彼を見つめた。心臓があまりに激しく打っていて、息をするのも苦しかったからだ。

だが、トーマスに雑談をするつもりはないようだ。

「ナニーが気管支炎だから看護を頼みたい」

イゾベルは気後れしていたことも忘れて言った。

「かわいそうに……かなり悪いのですか？　調子はよかったのに……」怒ったような顔で近づいてくる彼を見て、本当は来たくなかったのに、エセルがどうしてもとせがんだのだろうと思ったイゾベルは、やさしい声で言った。「ナニーのことは本当にお気の毒だけど、紹介所を通してください。私は別の依頼先から戻ったばかりですが、紹介所に連絡すれば誰か手の空いた人を見つけてくれるはずです」

トーマスは冷笑を浮かべた。「イゾベル、僕を見くびらないでほしい。君が今夜から仕事を始められるよう、紹介所にはもう話をつけてある」

イゾベルは目を見開いた。「なんて傲慢なの！　私にだって拒む権利はあるわ。お断りします！」だがトーマスに抱きあげられてそっと床に下ろされ、甲高い声の語尾がかすれる。トーマスの手はイゾベルの肩に置かれたままだ。

「君はそんなことをしない」彼は静かに言った。「やさしいからね。怒らせてしまったことは謝るが、ナニーは重篤なんだ。せっかく母国に連れ戻したのに、彼女を失いたくない」

トーマスの手を必要以上に意識しているのに加えて、それが彼の精いっぱいの謝罪なのだと思うと、気イゾベルは思わず笑みを浮かべた。「荷物の準備に三十分ほどください。一緒に戻ったほうがいいですか？」

そのとき、ドア口で堂々と盗み聞きしていたミセス・バリントンが口を開いた。「準備している間にお茶をいれるわ。ドクター・ウィンター、お茶と一緒にイゾベルが今朝焼いたスコーンをいかが？」

トーマスはイゾベルの肩に置いていた手を下ろした。「喜んで、ミセス・バリントン。お嬢さんの料理の腕は旅行中に拝見していますから」

「それなら居間へどうぞ」ミセス・バリントンは言った。「お湯をわかしますわ。療養は長期になるのかしら？」

トーマスはなにか言いかけて、すぐに口をつぐんだ。「一週間か、長くても二週間でしょう」やわらかな口調だ。「今の段階ではなんとも言えません」

イゾベルが姿を消すと、彼はミセス・バリントンがやかんを火にかけるのを眺めながら、テーブルの上にあったスコーンに手を伸ばした。

「すばらしい」そう言って新たなスコーンを取ると、背を向けていたミセス・バリントンが言った。

「ボウ工房の十八世紀の磁器なの。母から譲り受けたものよ」

「実は」トーマスの声は驚くほど若々しかった。「ほめたのは皿ではなく、スコーンなんです」

ミセス・バリントンは振り返ると、やさしい声で言った。「イゾベルは本当にいい子なの」

黒い瞳がきらりと光った。「ええ、わかっています、ミセス・バリントン」

イゾベルが下りてきたとき、二人は紅茶を手におしゃべりに興じていた。「一週間分の用意をしてきたわ」彼女は誰にともなく言い、スコーンの皿がほとんど空になっていることに驚いた。

「昼食を抜いたから」トーマスが素直に白状する。

それからほどなく、彼は自宅に向かって車を走らせた。イゾベルはわずかなふくらみだから気づかれないだろうと思って、制服の下に琥珀のペンダントをつけていた。

「僕はすぐにまた出かける」トーマスはそう言い、エセルの病状、対症法と薬、食事についての注意を手短に説明した。「覚えたか？　心配なことがあれば電話してくれていいが、必要最低限で頼む」

これが本当に三十分前まで骨董品《こっとうひん》について母と熱心に話し合い、むさぼるようにスコーンを食べていた人なの？　目の前にいるトーマスは心ここにあらずで、態度も声も冷めきっている。緊急時しか連絡してほしくない用事とは、いったいなんだろう？　きっとあの意地悪なエラと食事なのね。イゾベルは顔をそむけて窓の外を見た。のこのこついてくるなんて、私がばかだった。まだ癒えていない心の傷に塩をぬるのも同じだ。

だがエセルを見たとたん、そんな思いは吹き飛んだ。枕にもたれてベッドに座っていた老婦人は、疲れているのかいつになく小さく見えたが、イゾベルが部屋に入るとにっこりして彼女の手に頬を寄せた。

「ナニー」イゾベルはやさしく話しかけた。「心配しないで。すぐに元気にしてあげます。部屋に荷物を置いたら戻りますから、寝るまで一緒にいましょう」

「眠れないの」エセルは不機嫌そうに言った。

「大丈夫、眠くなるまでそばにいるから」

老婦人はさぐるようにイゾベルの顔をのぞきこんだ。「本当に？」そして、咳ばらいして言った。「怖いわけじゃないのよ……」

「わかっています。夜中に目が覚めたら呼んでくれれば飛んでくるわ。部屋の扉は開けておくから」

そのとき、ディナージャケットに着替えたトーマスがやってきて、イゾベルは心臓がとまるかと思った。ここまで魅力的なのは罪だわ。彼女は冷たい視線を投げつけた。「ナニーとお話があるようなら、私は失礼して、ミセス・ギブソンに夕食の時間をきいてきます」彼女は返事を待たずに部屋をあとにし、トーマスがちょうど出ていくところに戻った。

「遅れているんだ」まるでイゾベルの責任のような口ぶりで、彼は言った。

エセルの世話は大変で、いくら精いっぱい尽くしても、気むずかしい老婦人は不機嫌なままだった。抗生物質の効果が現れるまでには二日ほどかかるから、それまではしっかり看護しなければ。イゾベルは絶え間なくエセルに冷たい飲み物を与え、体をふき、いやがる彼女に少しでも食事をとらせた。夜は三十分だけミセス・ギブソンに代わってもらい、夕食と入浴をすませる。部屋に戻ると、エセルは見るからに具合が悪そうだった。イゾベルはミセス・ギブソンにサンドイッチと飲み物の用意を小声で頼み、眠ってくれれば回復も早まるのにと思いながら老婦人を見た。

しかしエセルはすっかり目が冴《さ》えていて熱も高く、とにかく話をしたいようだったので、イゾベルはベッドのそばに椅子を運び、節くれだった手をぎゅっと握った。老婦人はポーランドの思い出をとりとめもなく話しつづけている。「やっと帰ってきたと思ったら……グダニスクに残っていれば、トーマスに大変な思いをさせなかったのに」

「それは間違っているわ」イゾベルは言った。「ドクター……トーマスは寂しいんです。あなたが必要なのよ、ナニー」

「彼に必要なのは妻と子供よ」声は弱々しかった。

「それなら、なおさらあなたにいてもらわないと」イゾベルは器用に枕を直した。「早くよくなって」

「ええ、そうね。がんばってみるわ」

「その言葉が聞きたかったんです。さあ、お薬をのんで目をつぶって。寝るまでずっとそばにいるから。夜中に目が覚めたら、私を呼んでくださいね」

エセルが薬をのんで枕に頭をのせ、ぎゅっと目を閉じると、イゾベルは彼女の体温をはかった。熱は少し下がっている。夜中の緊急事態に対応できるようベッドのまわりを整えてから、彼女はもう一度エセルの手を取った。眠りにつくのに一時間はかかるかもしれない。薬をのんだにもかかわらず老婦人の咳はひどく、うとうとしかけてははっと目を覚まし、けげんそうな顔で時間を尋ねた。「あなたも寝ないと」

「今日は家でのんびりしたから疲れていないの。さあ、もう寝ましょう。朝すっきり目覚められるように」

エセルはふたたびうつらうつらしたかと思うと深い眠りに落ち、ミセス・ギブソンが夜食を持ってきても目を覚まさなかった。「大丈夫？　私たちもゆうべはほとんど寝られなかったわ。今日も忙しかった」

「大丈夫よ、ミセス・ギブソン。おやすみなさい」

家はしんとしていて、開けっぱなしの扉の先の玄関には明かりがともっている。ミスター・ギブソンも眠ったようだから、トーマスは自分で鍵を開けて入るのだろう。イゾベルはあくびを嚙《か》み殺し、エセルのようすを確認して自室に戻ることにした。

だが三十分もたたないうちにエセルは目を覚まし、喉が渇いたと言い出した。体が熱いと不満を漏らす彼女に、イゾベルは手際良く錠剤を渡し、もう一度眠りましょうと説得した。

「手を握って」エセルは言った。彼女がまた深い眠りに落ちても、イゾベルはしばらくその場にいた。時計を見るともうすぐ一時で自分のベッドが恋しくなったが、老婦人の手を離そうとした瞬間、玄関の扉が開く音が聞こえてトーマスが帰ってきた。そっとベッドにやってきた彼が、エセルと疲れきったイゾベルを代わる代わる見る。

「もう寝なさい」声は小さかったもののあまりに厳しい口調に、イゾベルは彼を怒らせたかと思って驚いた。

「ナニーはやっと眠ったんです」イゾベルもささやき返した。「それまでそばにいるのが約束でしたから」テーブルに置いたメモを顎で示す。「体温も脈拍も下がってきました」

「よかった。だが、僕の言うとおりにして君はおやすみ」憤慨したトーマスの顔を見ていると体の芯が冷たくなり、イゾベルは無言で立ちあがって部屋を出た。理由をきくのは明日の朝でいい。ベッドにもぐりこむが早いか、イゾベルはさっそく寝息をたてていた。

6

翌朝イゾベルは五時過ぎに目を覚まし、咳《せき》の発作に襲われたエセルに温かい飲み物と薬をのませ、手と顔をスポンジでふいた。ミセス・ギブソンが交代してくれると急いで朝食をすませ、すぐに患者のもとに戻る。エセルはずっと横になったままだったが、トーマスがやってくると体を起こし、昨夜よりずいぶん元気そうにふるまった。彼は手短にイゾベルに挨拶してエセルを診察し、順調に回復していると告げた。それからミセス・ギブソンを呼び、老婦人のつき添いを頼んでからイゾベルに言う。「書斎に来てくれないか？」

昨夜憤慨していた理由を尋ねるチャンスだと思っ

て、イゾベルは無言でついていった。トーマスが書斎の扉を開けると、先に入って指定された椅子に座る。彼が机の前に腰を下ろしたあと、イゾベルは切り出した。「昨夜、あなたを怒らせた理由を教えてください」トーマスをまっすぐ見据える。「気にさわることをしたのなら謝りますけど、なにがいけなかったのか見当がつかなくては……」それから、少しやわらかい声でつけ加えた。「その件ですよね？」

「まったくの別件だ。ゆうべのことは謝る。君は悪くない。寝る時間を過ぎているのに病気の老人を君一人に任せた自分が許せなかったんだ」

「いいえ、それは違います」イゾベルはあっさり言った。「仕事ですから、徹夜も一人での看護も平気です。皿洗いを家政婦にお願いするのに、いちいち謝りはしないでしょう？　働いて賃金をもらっているんだもの、看護師としての仕事をしたまでです」きらきらした目でかすかにほほえんだ。「〝船は船頭に任せよ〟って言うでしょう？」

トーマスが笑い声をあげる。「君ほど常識のある女性には会ったことがないよ」

ほめ言葉かしら？　イゾベルはそうであってほしいと願わずにいられなかった。もっとも女性なら常識よりも、顔や目や髪をほめられたいだろうけれど。

イゾベルは席を立った。「用事がそれだけなら、養育係《ナニー》のところに戻ります」

彼も立ちあがった。「ミセス・ギブソンには毎日、午後の二時間をナニーと一緒にいてもらうよう頼んだ。その時間は外出するなりなんなり、自由に使ってくれ。しばらくは僕も夜は帰るようにするから、ナニーを寝かせたら君も眠るといい。夜中に僕がようすを見て、必要なら声をかけるから」

イゾベルは首を横に振った。「それはいけません。あなただって一日じゅう働いているんだから」

トーマスはイゾベルのために扉を開けた。「いや、僕の好きにさせてもらうぞ、イゾベル」以前にも耳にした挑発的な口調だ。

今回は逆らうつもりはなかった。「わかりました、ドクター・ウィンター」イゾベルは彼の脇をすり抜けて廊下に出た。その日エセルの容態に変化はなかったが、実際は現状を維持するだけでも大変な努力が必要だった。「よくなっていますよ」イゾベルは励ますように言った。「二日もしたら、姪《めい》ごさんにも来てもらいましょう」

エセルはぱっと顔を輝かせた。「うれしい。この家を一度見せてあげたかったの。息子のスタンが生きていてくれたらねえ」

「息子さんもあなたが友人に囲まれているのを見たら、きっと喜びますよ」イゾベルは明るく言った。「さあ、お昼はなにを食べたいですか?」

仕事の途中で家に戻ってきたトーマスは、真っ先にエセルのようすを見に来た。「順調だ」聴診器をあて、断言する。「外出できたか、イゾベル?」

「いい天気だったから、公園まで歩きました」

彼はうなずいた。「自宅に戻りたいなら、車を使うといい。歩いたほうが運動にはなるが」

一日じゅう動きまわっているのだ、公園でのんびり座っていたほうがよほど息抜きになる。「はい、ドクター・ウィンター」しかしイゾベルの穏やかな返事に、トーマスは険しい顔をした。

「夕食の時間には戻る。そのときは君も同席してくれ」

しばらくしてイゾベルが足音をたてないように階段を下りていくと、応接間から〝ここだ〟と呼ぶトーマスの声がした。部屋に入ってきた彼女に、彼が言う。「君はよく働いてくれている、イゾベル。少しくつろぐといい。マデイラ・ワインでもどうかな」

イゾベルはワインをひと口飲んだ。「とても……」

言葉が見つからない。〝おいしい〟と弱々しく言い、トーマスがありきたりな感想に反応しないと、会話をつなごうと尋ねた。「今日は忙しかったんですか?」

「ああ。書類仕事がたまっていてね。週末出かけるから、早く終わらせたかった」彼はイゾベルをじっと観察した。「エラの実家がサセックス州にあるんだ」

心臓が一瞬、とまった気がした。次の瞬間、心臓は早鐘を打ちはじめたが、イゾベルは冷静に言った。

「すてきなところですよね」

「あまりなじみはないかな?」トーマスはなにげなくきいた。

「ええ」ワインのせいで、いつもより饒舌《じょうぜつ》になっていた。「でも、バークシャー州もすてきですよ」

「出身地によって意見は分かれるだろうね。僕はレディングはあまり好きじゃなくて……」

「ああ、あそこはとても遠いから」イゾベルは言った。「ウィルトシャー州って、観光客がいない時期は静かで本当にきれいなの……」そこまで言って、あわてて口をつぐんだ。私の生い立ちなど、トーマスは聞きたくないに違いない。

「そこに住んでいたのか?」彼は促すように言った。

「小さな村に」イゾベルはつぶやいてから言い訳がましくつけ足した。「マデイラって強いんですね」

「口に合わなかったかな? ではシェリー酒でも……」

イゾベルはあたふたして言った。「いいえ、結構です。もうあらかた飲んでしまいましたし」

夕食の食卓はなごやかに進み、期限つきの雇われ看護師という立場を忘れていないイゾベルに、トーマスは最高級の赤ワインをしきりに勧めた。食後のコーヒーを終えると、イゾベルはエセルを寝かせると言って席をはずした。初めて会ったとき、どうして彼女を平凡だと思ったのだろう？　トーマスは残念でならなかった。

しばらく同じような日々が続き、エセルは少しずつ回復していった。休憩時間になるとイゾベルはケンジントン・ガーデンズを訪れたり、小さなブティックをのぞきながら午後の休憩時間を過ごしたりした。雨に降られて〈ハロッズ〉に入った日は、好きなものをなんでも買えると想像しつつ店をはしごするのがあまりに楽しくて、戻るのがぎりぎりになったくらいだった。

日中にトーマスの姿を見ることはほとんどなかったが、夕食はいつも一緒で、コーヒーにつき合ってほしいと言ってくれたらいいのにと、夜になるたびにイゾベルは思った。食べている間は会話がはずんでも、イゾベルが席を立つと彼は決まって自分も立ちあがり、まるで出ていくのをずっと待っていたかのように彼女をエセルのもとへ送り出すのだった。

金曜日、イゾベルはミスター・ギブソンに言った。「今日はドクター・ウィンターがいないのに私のためだけに食事を運んでもらうのは申し訳ないので、トレイにのせてくれれば別の場所で食べますよ」

ミスター・ギブソンは笑顔になった。「ドクター・ウィンターはご自分が不在のときでも、あなたにダイニングルームで食事をしてもらいたいはずです」そしてつけ加える。「今夜、ドクター・ウィンターは一度戻ってきて六時に出かける予定です」

その日朝一番にエセルを診察したトーマスは、数時間だけベッドから出ることを許可していた。だが、そのせいで疲れて不機嫌な老婦人を相手にするのは大変だった。五時過ぎに帰ってきたトーマスがエセルの部屋をのぞいたとき、イゾベルは本の朗読をしていた。「明日は人を呼んではどうかな、ナニー？」彼はイゾベルをちらりと見た。「どうだろう、イゾベル？　お茶の時間に姪ごさんを呼んで、三十分ほど過ごすといい。ナニーが疲れていなければほかの人も来てもらっていいが、まずは一人ずつにしてもらおう」トーマスは返事を待たずに出ていったが、三十分後にディナージャケットに着替えて戻ってきた。「イゾベル、階下《した》に来てくれ。緊急連絡先を教えておく。処方薬も変更したい」イゾベルが書斎に入ると、彼は言った。「今、のんでいる薬を――」

トーマスが最後まで言いおわらないうちに、勢いよく扉を開けてエラが入ってきた。鮮やかな空色のスカートに合わせたシルクのシャツのボタンを下品なほどいくつもはずしているが、その効果は絶大だ。

「ダーリン！」美しいエラが叫んだ。「準備はばっちりね。私はまだ着替えてもいないのに。ドレスを持ってきたから、あなたの部屋で着替えていい？」

「とんでもない」不愉快に思ったかどうかは、口調からは聞き取れなかった。「来客用の寝室のどれかを使ってくれ。ナニーが寝てるから静かに頼む」

エラはしかめっ面をした。「怒りっぽいんだから！　あなたの患者じゃなくてよかったわ」きれいな目が一瞬、イゾベルにとまる。「あら、あなた、戻ってきたの？」だが返事を聞くつもりはないようで、エラは魅惑的な笑みを浮かべ、軽い足取りで出ていった。

残された二人はしばらく沈黙していたが、トーマスは何事もなかったかのように話を続けた。「僕は日曜の夜に戻る。心配事があったら、メモを残しておいてくれ」彼は小さくほほえんだ。「話は以上だ。ありがとう、イゾベル」

イゾベルが二階に戻ったとき、エセルは起きあがってぷりぷりしていた。「あの小娘が来たわ。あちこち開けてまわってバスタブに湯まで張って……」

「すぐ終わりますから、ナニー。ミス・ストークスは着替えをしているの」

「ここには入ってこないでしょうね」エセルは怒り

心頭のようだ。「あの尻軽女は！」

「本でも読みますか？」イゾベルは言った。「それとも、テレビを観《み》る？」

「本を読んでちょうだい。あなたの声を聞くと落ち着くの」

イゾベルはまたしてもハッピーエンドで終わる恋愛小説を開いたが、老婦人はこの手の話に飽きることがないらしい。三十分ほど読んだころ、突然扉を開けてエラが入ってきた。ピンク色のワンピースの身頃は上半身に張りついているようで、ふんわりしたスカートはやけに短い。きれいにアップにした髪にピンク色のスカーフを巻き、踵《かかと》が十センチはある金色のハイヒールをはいている。「どう？」エラは二人に感想を求めた。「ちょっと突飛だけど、めだつでしょう？」

「品がないわ」エセルはぴしゃりと言った。

「めずらしいワンピースね」興奮する老婦人を心配しながら、イゾベルは控えめに言った。「悪いけど、ミセス・オルビンスキは面会謝絶なの」

エラは肩をすくめた。「あなたたちってお似合いのコンビね！」甲高い声で言う。「私、あなたの部屋に荷物を置いてきたの。持って帰るから、バッグに入れてきてちょうだい」

「お断りします、ミス・ストークス。私はミセス・オルビンスキの看護師で、あなたのメイドじゃない。お願いだから、もう行って」イゾベルはやさしくつけ加えた。「私の部屋はきれいにしておいてね」

一瞬たたかれると思ったが、エラは滑稽なほど高いハイヒールできびすを返して出ていった。勢いよく閉めた扉の向こうで、怒りながら階段を下りていく音が聞こえる。五分ほどして、ミセス・ギブソンが扉の隙間から顔をのぞかせた。

「部屋は片づけておいたわ、ミス・バリントン。来客用の寝室があるのに、あなたの部屋を使うなんて。

バスルームもひどいありさまだった。ミス・ストークスはもう出かけたみたいよ」彼女はちらりとエセルを見た。「ナニーの食事を用意しましょうか?」

「ありがとう、ミセス・ギブソン」イゾベルはにっこりした。声は落ち着いていたが、手は震えている。エラのような女性は初めてで、穏やかな気性のイゾベルでも怒りを静めるのは容易ではなかった。「ドクター・ウィンターはこのことを知っているのかしら?」

ミセス・ギブソンは首を横に振った。「書斎で電話中だったから無理ね。ミス・ストークスが下りてきたときにちょうど部屋を出てきたけど、いつものことだから気にならなかったみたい。ただ、うるさいと言っただけだったわ」

エセルが枕に寄りかかっていた体を起こした。

「あなたが行くべきだったのよ、イゾベル」

「私が?」

「そうよ。見かけだおしのあんな小娘がトーマスと週末を過ごすなんて。トーマスはすてきな女性が目の前にいるのに気づいてないんだわ」しきりにうなずき、話しつづける。「あなたたちならお似合いよ。あなたならうまく夫の手綱を操れそうだもの」

「なにを言っているの、ナニー? トーマスと私には共通点が一つもないのに」

エセルは笑った。「よく聞きなさい。物事はいつも見かけどおりとは限らないの。あの小生意気な娘は〝好事魔多し〟ってことわざを知るべきだわ」

言い古された言葉で締めくくれて満足したのか、エセルがやっと枕に背をあずけると、イゾベルは彼女の夕食を受け取りにキッチンへ向かった。けれど心ははるか遠いトーマスとエラのいるサセックス州に飛んでいて、ため息がもれる。エセルの好物の鶏のクリーム煮を届けたあとは、彼女の姪に電話をかけた。「面会時間は三十分です」イゾベルは念を押した。「まだ本調子じゃないけれど、あなたには会いたがっています」

それから、一人でダイニングテーブルについた。食欲はなかったが、ミスター・ギブソンは妻が作った料理を楽しんでもらうと心に決めていたようで、イゾベルは出されたものを素直に食べた。イギリス風パンケーキにラム肉のカツレツ、野菜の盛り合わせ、濃厚なチョコレートムースは、以前絶賛したのを覚えていたミセス・ギブソンが特別に作ってくれたメニューだった。

穏やかな週末にやってきたエセルの姪は、壮麗な屋敷にあっけにとられて終始小声だったが、翌日も面会に来ると目を輝かせた。エセルも同じくらい楽しかったらしく、部屋がいかに心地よいか料理がどれだけおいしいかを力説し、トーマスとイゾベルをほめたたえた。

咳はおさまったものの、エセルはおしゃべりのしすぎで疲れているようだ。それでもイゾベルは回復が順調なことに満足していた。あと一週間もすれば、看護師は必要なくなる。

その夜エセルを寝かしつけ、応接間で食後のコーヒーを飲んでいたとき、トーマスが入ってきた。

イゾベルはコーヒーを置いた。セーブルの磁器のカップが受け皿にぶつかってかちんと音がしたのは、手が震えていたからだ。「今夜は遅くなるのかと思っていました」そう言ってから、なんて間の抜けた発言だろうと顔を真っ赤にした。

「状況が変わってね」トーマスが座ると、ミスター・ギブソンが音もたてずにサンドイッチとコーヒーを持ってきた。おなかがすいているの？　イゾベルは彼を観察した。疲れてるし、怒っているみたい。ううん、そうじゃない。

「お疲れみたいですね。どのみち、ナニーのようすを見に行こうと思っていたんです」

だがイゾベルが立ちあがるより先に、トーマスは言った。「行くな。しゃべりたい気分じゃないが、君といると落ち着く」

サンドイッチをむさぼり、ポットのコーヒーをほとんど一人で空けるトーマスを、イゾベルはじっと見つめていた。食べおわると、彼はやっといつもの柔和な表情に戻った。

「ナニーにはそろそろ転地療養がいいと思う。そこで君にも一緒に行ってもらいたい、イゾベル」

まったく予想していなかった話に、イゾベルは驚いてトーマスを見あげた。

「サフォーク州のオーフォードに別荘がある。海岸から十キロほどの場所で、この季節はとくに美しいんだ。近所の人に家のことは頼んであるし、ナニーには車椅子を手配した」トーマスはイゾベルをしげしげと眺めた。「二週間だが、いいか?」

イゾベルは静かに答えた。「もちろんです、ドクター・ウィンター」

彼はうなずいた。「よかった。僕も休暇を取るつもりだから、その後の数週間もいてくれると助かる。大して看護の必要はないが、ナニーはずいぶん君を気に入っているし、誰かと一緒にいたほうがいい」

イゾベルはもう一度言った。「たまに実家に戻らせてもらえればかまいません。弟がもうすぐ夏休みなので。まだ予定はないけど……」お金もないのだが。「いつも一日は家族で出かけるので」

「わかった」トーマスは急にそっけない口調になった。「引きとめて悪かったね」

早々に部屋を追い出されるよりは、静かにおやすみと言ってほしかった。だけど、彼は一人で考えごとでもしたかったのだろう。私に行くなと言ったのは、ただ転地療養の話をしたかっただけなのだ。

詳しい話をしてくれたのはトーマスではなく、エセルだった。翌朝彼の診察を終えた老婦人は、いてもたってもいられないようすだった。

「何度も行ったことがあるの」彼女はイゾベルに言った。「毎年六月になると、トーマスを連れていったものだわ。本当にすてきなところなのよ」

「別荘ってコテージですか？」イゾベルは尋ねた。

「コテージと言っても、そこらへんのとは格が違うわ。トーマスは私に一階の寝室を使わせてくれるみたい。一緒に行くのはいやじゃない？」

「すごく楽しそう」

「しばらくいてくれるとうれしいわ。病気は治ってきたけど、あなたがいると楽しいってトーマスにも伝えたの。私たちが戻ったら、今度は彼が休暇で日本に行くそうよ。すぐに出発したいんですって」

エラを連れてね。イゾベルはみじめな気持ちで思った。

イゾベルが電話するとミセス・バリントンは大喜びし、弟に会えないとこぼす娘に言った。「ずっといないわけじゃないでしょう。願ってもない仕事じゃない。紹介所に毎週通う必要もなくなるし。楽しんでらっしゃい。出発の前にボビーに会えるよう、ドクター・ウィンターが調整してくれるわよ」

だが、トーマスからはなんの話もなかった。エセルは歩けるまでに回復していたがまだ本調子とは言えず、そうこうしているうちに出発の日取りが決まって、制服は必要ないと言われたイゾベルは数少ない服の中からなにを持っていくか悩んだ。ボビーがそろそろ帰ってくるのに、不在がちなトーマスはつねに出かける支度をしているか書斎にこもっていて、家に帰りたいと頼む機会は一度しかなかった。

トーマスは読んでいた手紙から一瞬顔を上げ、眉をひそめた。「わかったと言っただろう？　僕に任せておいてくれ」けれど明日の朝には発《た》つという夜になってもなんの話もなく、とうとうイゾベルはエセルの荷造りをすませて自分の服をベッドに並べたあと、たたもうとしていたスカートを置いて足音も荒く階段を下りていった。しかしちょうど出かけるところだったトーマスは、彼女が口を開くより先に言った。「忘れていないよ、イゾベル」彼はばたんと扉を閉めていってしまった。

もう口をきくものですか。翌朝イゾベルは母に電話をかけ、一週間ほど帰れないことを伝えてエセルの旅支度を続けた。

オーフォードへはミスター・ギブソンが運転するダイムラーソブリンで送ってもらうのだとばかり思っていたのに、エセルを抱きかかえたトーマスに続いて表に出ると、家の前にとまっていたのはロールスロイスだった。荷物はすでにトランクに積まれ、ミスター・ギブソンが後部座席のドアを開けて待っている。トーマスはエセルを座らせて毛布をかけ、その隣に座ろうとするイゾベルに言った。「君は前に座ってくれ」

助手席に座ったイゾベルは、いらだちを隠せなかった。「たまにはきちんとお願いしてみたら？」思いきりにらみつけたものの、彼のことがいとしくてたまらず、その気持ちが表に出てしまいそうになる。

トーマスは笑った。「昔のナニーと同じことを言うんだな！　ずっと怒っている気か？」大げさにため息をつく。「僕は気分よくドライブしたいのに」

「ドライブ中に不快な思いをさせるつもりはありません」イゾベルは宣言した。「どれくらいかかりますか？」

「距離にして百五十キロくらいだ。ナニーのためにも、途中で昼食にしよう。デダムの料金所で休憩すれば、お茶の時間までにはオーフォードに着く。僕は今夜じゅうに戻らないといけない用事があるが、三十分もあれば荷ほどきはできるだろう」車はロンドンを出て東に向かった。「今のうちにいろいろ教えておく」しばらくして彼は言った。「着いてからだと、時間がもったいない」

後ろを見ると、エセルは眠っていた。

「生活費は銀行で下ろせるよう手配しておいた。日用品の買い出しは家政婦のミセス・コブに任せればいい。君はナニーをなるべく外出させてくれ。知り合いが多いから、来客もあるかもしれない。毎日午後の一時間はミセス・コブにナニーを見てもらうから、その間に休憩すること。君が束縛されているような気分にならないためにね」

イゾベルは目をまるくした。「束縛？　どうしてですか？　夏休みをもらった気分です」だがボビーのことが頭に浮かぶと、沈んだ声で言う。「どのくらい滞在するのかは、教えてほしいけど」

「一週間後に知らせるよ、イゾベル」

車が住宅街を抜けてチェルムスフォードに入ろうとしたとき、料金所の隣にレストランがあった。

エセルを連れての外食は不安だったが、取り越し苦労に終わった。ポーランド旅行をあれほど念入りに計画したトーマスは用意周到だった。三人の到着を待ちかまえていた店員が、入口付近の隅の席に案内する。新しいコートと帽子に上機嫌のエセルはよく食べ、会話をほとんど独占した。トーマスは相づちで話を盛りあげたが、イゾベルは黙っていた。この先、彼とはあまり会えないだろう。エセルとロンドンに戻れば、トーマスは入れ替わりに屋敷を出ていき、二度と会うことはないと考えると食欲もわかなかった。

オーフォードに着いたのは昼下がりのいちばん美しい時間で、かわいらしい家々は太陽に照らされ、波止場にはボートが点々と並んでいた。煉瓦《れんが》の壁が蔦《つた》におおわれた一軒の建物の前で、車がとまる。トーマスもエセルも〝コテージ〟と呼んでいたが、イゾベルにしてみれば結構な大きさの家の窓はどれも大きく、どっしりした玄関は真っ白で、私道の両側にはゼラニウムが咲き誇っていた。生活感があふれていることに、イゾベルはなにより驚いた。この家は別荘としてしか使われていない、と思いこんでいたからだ。

トーマスが車を降りた瞬間、玄関の扉が開き、長身でやせた女性が姿を見せて、車の後部座席にいるエセルの手を握った。「あなたが看護師さんね」彼女は明るい声でイゾベルに言った。「中に入って。今、お湯をわかしているところなの」

家の中では特別上等な紅茶が準備されていた。手作りのバターとクリームとジャムを添えたスコーンと大きなフルーツケーキがふるまわれ、三人は道路を見おろす広々とした居間でくつろいだ。家具は趣味がよく、暖炉には初秋の肌寒さに備えて薪《まき》がくべられている。玄関ホールの反対側がエセルの寝室で、キッチンにはアーガと呼ばれる昔ながらの調理器具とかわいらしい木製のテーブルがあり、ぶち猫が一匹そこでまるくなっていた。料理するのは楽しそうだとイゾベルが思ったとき、トーマスが考えを読んだように言った。

「ミセス・コブが毎日掃除と洗濯をしてくれるが、イゾベル、料理は君にお願いしていいかな?」

「もちろん!」イゾベルは心からの笑顔を見せた。「本当にすてきな家ですね!」

トーマスがうわの空でうなずいたのは、ロンドンに戻りたくてしかたないせいだろう。イゾベルがミセス・コブに二階の寝室を見せてもらっている間に彼は帰ったようで、戻るとエセルが一人で待っていた。「トーマスがよろしくと言ってたわ」

「今夜は出かけると言ってましたね」イゾベルは言った。「ナニー、私の部屋ってとってもかわいらしいんです。快適に過ごせそう」エセルを落ち着かせると、二人分の荷ほどきをしてミセス・コブと家事や買い物の分担を決める。打ち解けるのに時間はかからなかった。「そうだわ、ミス・バリントン」家政婦は言った。「忘れるところだった。階段の下に先日届いた車椅子があるの。ナニーの外出用でしょう。ドクター・ウィンターは本当に思いやりがある人ね」

私に伝えなかったのは思いやりに欠けるけど、とイゾベルは思った。手も振らずに彼が帰ったことを、まだ根に持っていた。

ミセス・コブが翌朝九時に来ると約束して帰ると、イゾベルは二人分の夕食を作り、エセルを寝かせたあとで家の中を見てまわった。居間とダイニングルームのほかに、一階には窓辺に机のある小さな部屋があり、キッチンの奥には大きな戸棚と昔ながらの洗い場が見えた。洗濯機と乾燥機の向こうは、高い煉瓦の壁で囲まれた小さな庭だ。玄関から廊下を抜けた勝手口の鍵がかかっていることを確認し、イゾベルはふたたび階段をのぼった。寝室は五部屋もあり、バスルームは新しく、エセルの寝室にはシャワールームもついている。そしてどの部屋にも、想像もつかないほど高価そうな品のいい家具が備わっていた。

自分の部屋に戻ったイゾベルは、バスタブに身を沈めた。しばらくしてエセルのようすを見に行くと、彼女はぐっすり眠っている。廊下の明かりをつけて二階に上がろうとした瞬間電話が鳴り、老婦人が起きてしまうと思ったイゾベルは、とっさに目の前にあった受話器を取った。「電話を待っていたのか？ずいぶん出るのが早いね」トーマスの声がした。

「電話の前にいただけです」イゾベルは冷ややかに言った。別れの挨拶もできないような人に礼儀正しくする必要などない。

「必要なものはそろっているか？」イゾベルは〝大丈夫です〟とつぶやいた。「それならいい。君も疲れただろう、イゾベル。もう休みなさい」彼女がひと言も発しないうちに、トーマスは電話を切った。

彼は今ごろなにをしているのかしら？　せつない気持ちがこみあげたが、イゾベルは疲れきっていた。ひと晩眠ると、冷静に考えた。彼には私に別れを告げる義理などない。結局私はナニーの看護師であって、彼の人生の一部ではないのだ。

窓の外に広がる美しい朝焼けと波止場の先に見えるきらきら輝く海を見たイゾベルは、もう彼のことは考えまいと心に決めた。

することはたくさんあった。エセルを車椅子に乗せて小さな村の小道という小道を探検し、波止場ではヨットを眺め、教会にも足を運んだ。家に戻ると、キッチンを掃除してその日の食材を並べたミセス・コブが〝またね〟と明るく言って帰っていった。

二人とも昼食は遅いほうだったので、イゾベルはサラダとチーズ料理をこしらえ、手作りのレモネードを添えて出した。ミセス・コブは二時半に戻ってくるので、エセルが眠っている間に好きなところに出かける。いくつかひいきにしている店で日用品を買い、老婦人のために小説を選ぶのは楽しかった。雑用が終わると決まって波止場へ足を伸ばし、忙しく行き来する船を眺めるのが日課になり、毎日が昨日よりも楽しい気がした。週末が近づくころには、午後は散歩をやめてお茶の時間までの一時間を庭で過ごすようになった。エセルがどこからかさがしてきた古いシルクの日傘で日差しをさえぎるかたわらで、髪を下ろしたイゾベルはビキニ姿で芝生に寝転んで本を読んだ。

オーフォードでの生活も一週間がたち、土曜日になった。週末、ミセス・コブは来ない。お茶の時間のためにケーキを焼いて夕食の下ごしらえをすませると、イゾベルはエセルの車椅子を日よけになるすもものの木の下まで押していった。だるくなるほど暑かったが、本を朗読してくれとせがまれ、イゾベルは老婦人の大好きな恋愛小説を開いた。

一章を読みおえたとき、エセルが眠っていないかと思って顔を上げたイゾベルは、彼女が満面に笑みを浮かべて別荘の方を見ていることに気づいた。

振り向くと、玄関の前に母とボビーが並んでにこにこしている。イゾベルは飛びあがり、走っていって二人に抱きついた。「どうしてここに……」そこまで言った瞬間、廊下を歩いてくるトーマスに気づいた。「あなたが連れてきてくれたのね！」彼に駆け寄る。「ありがとう！　なんてお礼を言えばいいのか。ここで会えるなんて最高に幸せです……母と弟に」イゾベルはあわてて言い足した。「連絡をくれたら、おいしい紅茶を用意しておいたのに」

トーマスは持っていた荷物を足元に置いた。上品さを引きたてる襟の開いたシャツとスラックスを身につけた彼が、じっとイゾベルを見つめる。「やあ、イゾベル。すてきな格好だな」

ほほえみかけられて胸がいっぱいになったが、髪はぼさぼさでビキニしか身につけていないことを思い出し、イゾベルは顔を赤らめて恥ずかしそうに言った。「午後の散歩はナニーには暑すぎるから、庭で本を読んでいたの。着替えてきますね」

「その必要はない。僕は今のままで満足だ」

トーマスに笑われて、イゾベルは冷たく返した。「母とボビーをナニーに紹介したら、お茶の用意をしてきます」そして、彼の笑い声を背に受けながら庭に戻った。

だが、すでに三人は楽しそうに話しこんでいた。

「一週間、お世話になるのよ。トーマスが誘ってくださって。二人も増えて、あなたは大丈夫？」

「もちろんよ、ママ！　本当に最高。信じられないくらい！　なにか着てくるから待っててね。お茶をいれて、二人の部屋を片づけてくる」

「それなら終わっている」トーマスの声が背後から

聞こえた。「ミセス・コブに部屋を掃除してもらったからね」彼はゆっくり近づき、エセルの頬にキスをした。「お茶の時間の前に、お母さんを部屋に案内したらどうかな？　僕とボビーがナニーについているから」ちらりとイゾベルを見る。「お母さんは庭を見おろせる部屋にした。ボビーの部屋は君の隣だ」

「ゆっくり話したいけど」母を二階にせきたてながら、イゾベルは言った。「着替えて、お湯をわかさないと。ケーキを作っておいてよかった」

あわただしく自分の部屋に駆けこむとワンピースに着替え、サンダルをはいて髪をとかしてからばたばたと一階に下りていった。お茶の時間は庭で過ごせばいい。スコーンにバターをぬりながら、イゾベルは夕食の献立を考え直した。ラム肉は人数分ないから、チーズをからめたパスタに野菜を添えて、フルーツタルトを焼けばいい。ケーキをブリキ缶から出して薄く切っていると、トーマスがやってきてひと切れ口にほうりこんだ。

「すてきだね」彼はワンピースを眺めた。去年買ったもので若干色あせていたけれど、緑のグラデーションが気に入っている一着だ。「ビキニもよかったが」またケーキにかぶりつく。「料理の腕は相変わらずだ。夕食の心配ならいらない。僕は紅茶を飲んだら帰る」さらにケーキをかじってから伏し目がちに、明らかに落胆しているイゾベルを見つめた。

彼女は手元のジャムから顔を上げずに言った。「行ったり来たりは大変じゃありませんか？　四人分も五人分も作るのは変わらないし、ここはあなたの別荘なんだし……」

「心配してくれるなんてうれしいね、イゾベル。だが、運転は苦にならないんだ。それに、今夜は用事がある。ナニーのようすを聞かせてくれ」

トーマスが紅茶を運んでくると、みんなはカップを持って庭に座り、幸せなひとときを過ごした。今は隣に彼がいる。一週間後、母とボビーを迎えに来るときにもまた顔を見ることができる。みんながおしゃべりに興じている中、イゾベルは黙って幸せを噛《か》みしめていた。それでもミセス・バリントンは娘のようすにちゃんと気づいていたし、トーマスもそんなイゾベルを見つめていた。

トーマスがロンドンに戻る時間になると、みんなは玄関の前で別れを告げた。トーマスは名残惜しそうな車椅子のエセルとミセス・バリントンの頬にキスをし、ボビーと握手をしてから、イゾベルのところにやってきた。「まあ、いいか」誰にともなく言うと、彼はイゾベルに口づけした。

7

トーマスが行ってしまうとコテージはずいぶん広く、そしてがらんとしているように感じられた。けれど、くよくよしているひまはない。イゾベルにはエセルの世話と夕食の準備があった。ボビーが波止場に出かけてしまうと、彼女は母と話しこんだ。

「トーマスってやさしいのね」ミセス・バリントンは言った。「どういうわけか知らないけど突然やってきて、あなたが休みなく働いているから、そのうめ合わせをしたいって言い出したのよ。ボビーまで誘ってくれるなんて、気前がいいわ」

「ブロッサムはどうしたの？」イゾベルは尋ねた。

「動物愛護団体に世話をしてもらっているの。トーマスが預かるとは言ってくれたけど、家政婦さんの猫と相性が悪いと迷惑になるから」

イゾベルはテーブルに見ばえ良く食器を並べてから、一歩下がってほれぼれと出来ばえを眺めた。

「ロンドンに戻ってからも、しばらく養育係《ナニー》の看護をしなくちゃいけないの」言葉を選んで言う。「トーマスは休暇を取って、遠くに旅行に行くんですって」

母もイゾベルを追うようにキッチンにやってきていた。「当然でしょうね、あんなに……」

「あんなに?」

ミセス・バリントンは目を大きく見開いてとぼけた。「ダーリン、あなたが聞いていないなら、私の口からは言えないわ」

「仲がいいんだから」イゾベルは口をとがらせた。

母は皮肉を無視して言った。「ええ、そうなのよ。ボビーともうまが合うみたい。いいことよね?」

イゾベルはオーブンを開けて、中のパスタをのぞいた。「そうね」

気温は下がらず、乾燥した暑い日が続く中、イゾベルたちは波止場を訪れてはいくつかある店を冷やかしたり、庭でのんびり過ごしたりした。ただし海釣りが趣味のボビーだけは、朝から晩まで釣りに明け暮れるという最高の日々を送っていた。初日に早くも船乗りと友達になると、その日のうちに翌日のための魚を釣って帰ってきたくらいだ。

エセルにとっても話し相手が増えたのは喜ばしいことで、イゾベルがミセス・コブといる間、老婦人とミセス・バリントンはありとあらゆる話に花を咲かせていた。杖《つえ》さえあれば歩けるエセルにしてあげられることはすでにほとんどなく、イゾベルにはロンドンにあるトーマスの邸宅に自分が残らなければならない理由がわからなかった。できるだけ早く辞めさせてもらおう。彼に絶対に会うことのない僻地《へきち》での仕事があればいいのに。とにかく週末、彼がコテージに迎えに来たら辞めたいと伝えよう。

することはたくさんあるのに、一週間がひどく長く感じられた。イゾベルは土曜日の朝になってやっと、トーマスが昼食を一緒にとることを知った。彼の電話に出たのがボビーだったからだ。帰り支度をしておいたほうがいいのかと母に問われても、ボビーはきいていないと曖昧な返事をした。

「男の子はこれだから！」ミセス・バリントンはあきらめたようなため息をついて、取りかかっていた荷造りを続けた。「トーマスはきっと戻りたいはずよ。日曜日は友達と過ごしたいでしょうから」

それなら昼食は腕をふるおうとイゾベルは思い、食料品店に出かけていって、サーモンとサラダの具材を買った。果物店の店先には新鮮な杏《あんず》がたくさん並んでいたので、デザートは杏のプディングで決まりだ。クリームも多めに買ったのでサーモンのテリーヌが固まる間にパイを焼こう、とイゾベルは頭の中で手順をおさらいした。じゃがいもは波止場に行く前にボビーがむいてくれたし、昼までにはまだ時間がたっぷりある。

家に戻ると母とエセルが庭でおしゃべりをしていて、ミセス・コブが二階でベッドを整えていた。イゾベルはさっそくキッチンにこもって、料理にかかった。

テリーヌが形よく固まり、サラダもできた。じゃがいもを片手鍋に入れて談笑中の二人にコーヒーを出したあと、イゾベルがプディング用に杏を並べていると背後でキッチンの扉が開く音がした。

「まだなにもできていないわよ」彼女は振り返らずに言った。「おなかがすいたなら、戸棚の缶にビスケットが入ってるけど」少し猫なで声で続ける。「ボビー、いい子だから、ビスケットを食べつくす前にそこにある白ワインを冷蔵庫に入れてくれる?」

「いい子になって、ワインも開けてあげるよ」キッチンのドア口から、トーマスが言った。「でもここまで足を伸ばしたんだから、ビスケットよりもう少しおいしいものが食べたいな」

イゾベルはくるりと振り返った。「あら!」少し息をはずませながら言う。「早かったんですね」

「歓迎もおろそかだし、ビスケットしか出てこないのでは手伝う気になれないな」

「ごめんなさい……てっきりボビーだと思ったの。もう一時間あると思っていたから、なにも準備していなくて。すぐロンドンに戻りたいですよね?」イゾベルは最後の杏をプディング用の液体の中に置き、容器をオーブンに入れた。「母はもう荷造りが終わったみたいです」

「帰りたがっているのか?」淡々とした口調だ。

「いいえ。毎日、楽しくてしかたなかったみたい」

「それはよかった。明日のお茶の時間までいようと思うが、お母さんとボビーの都合はどうだ?」

「二人とも喜ぶわ」イゾベルは気持ちを隠すのも忘れて満面に笑みを浮かべた。「母は庭でナニーと一緒で、ボビーは波止場に出かけてます。あの子にはずいぶん友達ができたみたい。庭に出るなら、コーヒーとケーキを持っていきますけど」

「ここでいただこう。君の料理は見ていて飽きない。女性が家の中にいるのは落ち着くものだと聞くが、最近そういう子をあまり見かけないからね」

トーマスはお茶の時間に出そうと思っていたケーキをほとんど食べてしまい、週の後半用にもう一つ作っておいたのは正解だったとイゾベルは思った。ポットに残っていたコーヒーを飲みほすと、彼は荷ほどきをしてくると言い残してキッチンをあとにした。しばらくしてトーマスの声が庭から聞こえてきたので、イゾベルが窓の外に目をやると、彼はナニーと母の足元に寝転がっていた。なんだか眠っているようにも見える。

イゾベルはサラダを仕上げ、もう一人分の食器をダイニングルームに並べてから二階の自分の部屋へ急ぎ、鏡をのぞいた瞬間うめき声をもらした。髪はくしゃくしゃだし、暖かいキッチンで動きまわっていたせいで化粧もほとんど落ちている。料理や家事をするときにしか着ない古ぼけた服に、彼女は目をおおいたくなった。

初めてトーマスに会ったときに着ていた青いコットンのワンピースに着替え、髪をとかし、精いっぱいのメイクを施したが、日焼けしているせいでパウダーの色が合わなくなっていた。しかたなく口紅だけぬって、あとはすっぴんのままでいることにした。

トーマスは庭に飲み物を運んでくれたようで、エセルとミセス・バリントンはシェリー酒を、ボビーはジュース、そして彼自身はビールを手にしていた。

イゾベルが外に出ていくと、トーマスは言った。

「レモンと氷たっぷりのデュボネでいいかな」

いつも一緒にいる女性の好みは知っていると言わんばかりの態度だったが、イゾベルは平静を装ってお礼を言い、母の意味深長な視線を避けるように目をそらした。

ランチはどれも好評だった。トーマスとボビーが食器を洗ったあとで釣りに行っている間、イゾベルはもう一つケーキを焼いた。皿いっぱいにサンドイッチも作り、エセルに昼寝を促すと、やっと庭で母と二人きりになれた。

「来週末にはあなたも家に帰ってくるの?」ミセス・バリントンはさりげなく尋ねた。

「たぶんね。トーマスは私たちがロンドンに戻りしだい、出発する予定だったわよね? ナニーの調子はいいみたいだから、午後の数時間ならときどき家に帰っても大丈夫なはずよ」

「よかったわ。次の仕事も楽しいといいわね」

イゾベルは視線を合わせずに答えた。「ええ、すぐにさがすつもり……ロンドンの郊外で」

「それはいい考えね」ミセス・バリントンは明るく言った。「夕食の準備を手伝いましょうか、ダーリン？」

「大丈夫。運よく冷凍庫に、ラム肉のカツレツが六枚残っていたの。えんどう豆とそら豆もあるし、ミントソースであえた海老《えび》もあったから、前菜は海老のカクテル、デザートはフルーツサラダのクリーム添えでどうかしら？」

「文句なしよ。あなたが名シェフでありがたいわ。明日は昼食後の出発なのよね？」

「ええ、明日はローストポークを作るつもり。この人数だと残らないでしょうけど、週のなかばに二人分の食材を買いに行けば平気よ。トライフルも作るわね」

「私たちのせいで大変そうだけど、トーマスはあなたの料理を楽しみにしているみたい。彼のところの料理人ってどんな人？」

「家政婦のミセス・ギブソンも料理が上手なの」

「上手に切り盛りしていそうね」ミセス・バリントンは言った。

しばらくして、男性二人が十二尾の鯖《さば》を釣って帰ってきた。二人はお茶の時間の前に下処理をすませたいと言い張り、キッチンをしみ一つ残さずきれいにすると約束してイゾベルを追い払った。「言うことをきいて！」トーマスがにっこりして言う。「口うるさい妻みたいだぞ！」

妻にしてくれるなら口うるさくなんてしないのに、とイゾベルは心の中でつぶやいた。

週末はあっという間に過ぎ、気づくとイゾベルは杖に頼り懸命に立とうとするエセルと一緒に玄関先で別れの挨拶をしていた。水曜日に迎えに来るとトーマスに言われ、イザベルは答えた。「わかったわ。ミセス・コブに支払いをお願いするものはありますか？」

トーマスはなぜかほほえんだ。「任せる。君はなくてはならない存在になりつつあるね、イゾベル。いなくなったらどうしようか」

どう答えていいかわからず、イゾベルは黙っていた。軽く受け答えできたらいいのにと思うのに、なぜか涙があふれそうになる。トーマスはエセルの頬にキスをしてイゾベルに軽く手を振ったが、彼女は無視して、高級車の乗り心地を楽しんでいる母に明るく声をかけた。エセルが走り去る車に向かって手を振る間も、イゾベルの両腕はまるで体に張りついたように上がらなかった。

約束どおり、トーマスは水曜日の午後にやってきた。イゾベルもエセルも出発の準備はできていて、ミセス・コブも早々に帰ってしまったので、することといえば彼に紅茶を出すくらいしかなかった。

出発間際になると、イゾベルは名残惜しさがこみあげてきた。つかの間だったがコテージを我が家のように愛し、友達もできた。夢のような時間も過ごすことができた。おかげで、少し心が癒された気がする。エセルも帰りたくなさそうだったが、イゾベルほどではないようなのは、ロンドンに戻れば姪《めい》と再会できるのと、いい話し相手のミセス・ギブソンがいるからだろう。お茶の時間の間じゅう、エセルの矢継ぎ早の質問に辛抱強く答えるトーマスは、疲れているようだった。だから休暇が必要だったのね。エラも一緒に旅行に行くのかしら？　それともほかの誰かを連れていくの？　もっと彼のことを知りたいと思うのは、これで何度目だろう？

イゾベルは食卓を片づけ、洗い物をした。ミセス・コブが来るとわかっていたが、それでもエセルが車に乗りこむ間に家じゅうを見てまわった。

ロンドンに戻ると、疲れきった老婦人を心配するミセス・ギブソンと一緒に二階に連れていき、彼女がベッドで夕食をとる間そばに立っていた。それから自分の部屋に戻って荷ほどきを始めたが、その作業もすむとなにをしていいかわからなくなる。なんとなく階段を下りていくと、ミスター・ギブソンが玄関ホールで待ちかまえていた。

「ダイニングルームで夕食をどうぞ、ミス・バリントン」彼は言った。「明朝、話があるとドクター・ウィンターから言づけがありました」

せっかく戻ってきたのに、最悪の締めくくりだ。トーマスに呼ばれたのは、翌日の午前中もなかばを過ぎたころだった。〝急患があったため、ドクター・ウィンターは朝早くに出かけました〟とミスター・ギブソンはイゾベルに説明した。帰ってきてもいられるのはほんのわずかで、午前の回診のためにすぐに戻らなければならないらしい。

おそらく彼は疲労と空腹でいらだっているだろうと思いながら、イゾベルはトーマスの書斎の扉をノックした。

だがトーマスの顔には疲れもいらだちの色もなく、彼はいつものように完璧な服装とものやわらかな表情で二人分のコーヒーをトレイにのせ、イゾベルに座るよう言った。「話す機会がなくて申し訳ない。今もあまり時間がないんだ。君には日曜日までいてほしい、イゾベル。僕はその日の朝早く出発するから、好きな時間に帰ればいいよ。ナニーの回復には目をみはるものがあるから、この先はミセス・ギブソンだけでもなんとかなりそうだ。紹介所には連絡をして、君宛の小切手を書いておく——」

「通常は紹介所に——」

「僕は君に直接払いたいんだ。君にはあらためて礼を言いたい。ナニーも僕も心から感謝している」

礼儀正しくて、他人行儀で、まるで別人のようなトーマスの態度に、イゾベルは立ちあがった。「ナニーはすばらしい患者でした。旅行を楽しんできてくださいさい、ドクター・ウィンター。出発前に会えるかしら？」

「そうだね、今夜は出かけるし、土曜日の夜は来客があるが、顔を合わせる機会はあるだろう」部屋を出ようとするイゾベルに、トーマスはさらに声をかけた。「ナニーが姪ごさんのところへ行きたがるようだったら、車を使ってくれ」

イゾベルはそっと扉を閉めた。彼はああ言ったけれど、もう会えない気がする。でも、これ以上考えるのはよそう。そう自分に言い聞かせ、イゾベルはエセルの部屋に行ってペッカムライを訪れる計画を一緒に立てた。

だが翌日の土曜日、イゾベルはふたたびトーマスと顔を合わせた。エセルの夕食を受け取りに階段を下りたとき、彼が一段飛ばしで駆けあがってきたのだ。イゾベルが平静を装って声をかけると、驚いたことにトーマスは足をとめた。「君にききたかったんだ。琥珀《こはく》のネックレスをどうして僕に見せたがらない？　服の下につけているのは知っているぞ」

そして、ペンダントのふくらみに触れた。

あたりを見まわしてもいい言い訳など思いつかず、イゾベルは少し考えてから言った。「ポーランドを思い出すの」頬が熱くなるのがわかる。見あげるとトーマスは怒ったような顔をしていて、イゾベルは驚いた。

「僕もポーランドの思い出が欲しい……いや、欲しいのは君の思い出だ」

いらだったようにそう言ったかと思うと、突然トーマスはイゾベルの唇を激しく奪い、無言で二階に姿を消した。それが彼の姿を見た最後だった。夜になると何人かの客がやってきたが、イゾベルは部屋で食事をとると言ってきかなかった。もしトーマスが階下に下りてこないイゾベルに腹をたてるような冷たい態度をとらなければ、着るドレスがないのだときちんと説明していただろう。顔見知りもいないから、場違いな思いをしてとまどうだけだと。しかしなにも言わないイゾベルに対抗するようにトーマスも断固として折れようとはしなかったので、彼女は一人部屋でフルコースの夕食を食べ、階下のくぐもった声に耳をすました。

翌朝、イゾベルは玄関の扉が閉まる音が聞こえるまで自分の部屋にいた。エセルに別れを告げるのはつらかったのでなるべく手短に話し、〝友人としてまた来ますね〟と約束してから車に乗りこむ。家まではミスター・ギブソンが送ってくれた。

小さな自宅はひっそりとしていて、ブロッサムがわびしげな表情で窓から外をのぞいていた。ミスター・ギブソンは玄関先までイゾベルの荷物を運んでくれた。「母はいないみたいだわ」イゾベルは彼に言った。「今日はお休みでしたよね？　これ以上、お世話にはなれません」ミスター・ギブソンと握手をし、車が見えなくなるまで待ってから家の中に入った。

わびしげな鳴き声をあげてブロッサムがうれしそうに走り寄ってくると、イゾベルは猫を抱きあげ、キッチンに連れていって餌を与えた。急用で外出したのか、庭にも母の姿はない。時間は伝えていなかったけれど、今日帰ることは知っているはずなのに。日曜日に出かける先といえば教会くらいだけれど、まだそんな時間ではない。

荷物を二階に運んだイゾベルが胸騒ぎとともに母の部屋をのぞくと、パジャマの上にガウンをはおったミセス・バリントンがベッドのそばに倒れていた。カップと受け皿は割れ、床が紅茶で濡《ぬ》れている。

心臓がとまった気がしたが、次の瞬間イゾベルは母の手首に指をあてていた。意識はないが、脈は弱くてもしっかりしているし、怪我《けが》もなさそうだ。イゾベルは母の頭の下に枕をあてがい、毛布で体をおおってから電話のある居間に走った。

しかしかかりつけの医師も代理の医師も不在で、トーマスに連絡がとれればと思わずにはいられなかった。でも、空想にふけっていてもなにも解決しない。イゾベルは入念に母の体を診察した。脈拍は若干強くなったようで頬に少し赤みも差しているが、依然として呼びかけには反応がない。

「脳卒中ね」イゾベルはつぶやいた。「致命的じゃなくてよかった。さっき電話した医者が早く来てくれないかしら……」

車の音が聞こえて、見たことのない医師が家の中に入ってきた。小柄で温厚そうな男性はドクター・ワッツと名乗り、さっそく母の容態を尋ねた。イゾベルも無駄話に時間を費やすつもりは毛頭なく、二分で症状を説明し、男性を二階に案内した。

脳卒中という診断は正解だったが、幸い重篤な発作ではなかった。しかし病院に搬送するよう勧める医師の口ぶりは、気乗りしないようすだった。

「私は看護師です」イゾベルは言った。「栄養を与えて回復を待つだけなら、むしろ自宅療養のほうがいいかもしれませんね。血栓症でしょうか？　それとも脳内に出血があるのですか？」

「意識が戻れば麻痺《まひ》があるか確認できるが、この段階ではなんとも言えない。お母さんのかかりつけ医のドクター・マーティンには明日電話をするが、今夜もう一度診察に来よう」彼は心配そうにイゾベルを見た。「本当に一人で大丈夫かね？」

「心配いりません」

その言葉どおり、イゾベルは自宅で母を看病した。意識が戻ってからの数日は気が抜けなかった。母はうまく話せず、右半身に麻痺が残ったが、回復の見こみはあった。食事から身のまわりの世話までイゾベルの助けが必要な日々は続いた。長く根気のいる看護だったが、医師の訪問や友人たちの明るい顔も励みになったのか、そのうち母は少しずつ体を動かせるようになった。

イゾベルは医師や母の前では弱いところなど見せなかったが、本当はくたくたで、毎夜枕に頭をのせた瞬間眠りに落ちた。睡魔に襲われる寸前に思うのは、いつも同じだった。トーマスへの思いと、将来への不安だ。収入もないうえに、母のわずかな恩給は家賃と食費にほとんど消えていくから、弟のために預けておいたお金にも手をつけなければならないだろう。来学期の学費は払えないかもしれないという恐怖から、イゾベルは毎晩悪夢にうなされた。

トーマスの愛を望むのがいかにばかげているかは、自分でもわかっていた。夜空に浮かぶ月や星を求めるようなものだ。一週間後、イゾベルは彼のことをなんとか頭の隅に押しやってエセルに手紙を書いた。その中で会いに行けないのは母の病気のためだと告白したが、症状については伏せた。エセルからの返事は驚くほど早く来たが、明らかにミセス・バリントンの病状を軽く考えているのか、トーマスのことにはいっさい触れられていなかった。手紙にはさらに〝あなたは次の仕事を楽しみにしているのでしょうね〟と書かれてあり、締めくくりは〝都合をつけて遊びに来てほしい〟だった。

けれどミセス・バリントンは娘に負けない闘志の持ち主だったので、絶望するどころか、逆に家に縛られているイゾベルを心配する始末だった。外出がまったくできないわけではなく、イゾベルも週に一、二度は大急ぎで買い物に行き、毎日一時間はブロッサムと庭で過ごしていた。訪ねてくる隣人はいないが、ロンドンは寂しい街だと前からあきらめている。生まれ育った村では誰もが顔見知りで、病気になれば必ず誰かが見舞いに来たのに。イゾベルはロンドンを出ることを真剣に考えた。むずかしいかもしれないけれど、手段はないだろうか……。

それでも、母が回復するまでは看護に徹するしかなかった。週に二回マッサージ師がやってくる以外の日は、イゾベルが母の体をほぐした。そのころになると、ミセル・バリントンは長い時間座っていられるようになっていた。ただし順調とはいえ、回復はゆっくりで、この先数カ月間のお金のやりくりを考えると、いてもたってもいられない。イゾベルの体重は落ち、顔は青ざめ、もともと地味だった容姿はさらに地味になって、やつれた顔の中で唯一変わらない青い目ばかりがめだつようになった。しかし週に二度来るドクター・マーティンは母の回復ぶりに満足しているようで、イゾベルにもっと外に出るよう促した。「誰かにお母さんと一緒にいてもらえないかね？　金曜日にもう一度来よう。三週間になるが、お母さんはよくがんばっている。君もすばらしい看護師だ。一階に寝室を移せないかな、イゾベル？　歩行器を使えば、お母さんも家の中を歩きまわれる」

イゾベルは勢いよくうなずいたものの、医師が行ってしまうと、手狭なダイニングルームにどうやってベッドを運ぼうかと頭を悩ませた。家具を動かし、母を連れてくるのは容易ではない。

翌日、イゾベルは朝早くから家の中を片づけた。往診は二日後だから、その前に母を一階に移動させたかった。家具が少ないのは不幸中の幸いだ。ダイニングルームにあるのはしゃれた折りたたみ式のテーブルと椅子が四脚、それに上品なマホガニー材の食器棚だけだった。しばらくは弟のベッドを使うことにして、自分の部屋にある小さなベッドを運ぼうと決めたイゾベルは、ふと学費のことを考えた。納入期限は十週間後だが、貯金にはすでに手をつけている。けれど、心配の種は頭の隅に追いやった。まずは目の前にある問題を解決しないと。

　重たいテーブルと椅子を廊下に出し、なんとかその隙間を通り抜けようとしたとき、ドアベルが鳴った。集金の予定はないが、大家が一日早く家賃を回収しに来たのかもしれない。イゾベルはもう一度狭い廊下を戻り、玄関の扉を開けた。

　目の前にそびえるように立っていたトーマスを、イゾベルは驚きとともに見つめた。うれしさで胸がいっぱいになったのもつかの間、自分の格好を思い出すと、目に見えて意気消沈した。着古したコットンのワンピースの上につけているエプロンには、〝猫の手も借りたい〟とプリントされている。ましなのはリボンで一つにまとめた髪くらいだ。イゾベルは口を開け、一度閉じてから、もう一度開けた。

「ああ、どうしよう!」

　トーマスはうれしそうなイゾベルの表情にもなんの反応もせず、胸の内でため息をもらした。これは早急になんとかしなくては。「おはよう」

　イゾベルはしかたなくトーマスを中に招いたが、片づけをしていたのを忘れていた。テーブルと彼にはさまれ、どう反応していいかわからずに黙る。

「お母さんの具合はどうだ？　ドクター・マーティンとも話したが、僕になにかできることはないかな？」手入れ不足の髪から化粧っ気のない顔、不格好なエプロンへと鋭い視線を走らせる。「順調に回復しているのは君の看護のおかげだそうだね」

　イゾベルは答えなかった。みすぼらしい格好を見られたのに、喜びがまさっていて声が出ない。奇跡って本当にあるんだわ。何千キロも離れた異国にいるはずのトーマスが、突然現れるなんて。

「お母さんに会わせてもらえるか？」彼はやさしくイゾベルを促した。「大掃除中だったのかな？」

　彼女はやっとのことで言った。「二階で生活したほうがいいとドクター・マーティンに言われて、母のための部屋を用意していたんです。まだ歩くのはむずかしいけれど、立ちあがれるようにはなったので」なんとかトーマスの前を通り抜ける。「テーブルの脇を通れるかしら？」

大柄なトーマスに通れる隙間はなかったので、彼はテーブルと椅子をダイニングルームに戻してからイゾベルに続いて階段を上がった。

患者の扱い方はさすがで、トーマスは古い友人のようにミセス・バリントンの手を握り、回復ぶりをほめたたえてから、ドクター・マーティンに許可は取ったので診察してもいいかと尋ねた。さらには彼女が恐怖におびえながらも、全快をめざして奮闘しているという話にも根気良く耳を傾けた。話し方はゆっくりでろれつもまわらないミセス・バリントンは、イゾベルのおかげだとたどたどしく言った。

「三週間ほとんど外に出ず、一人でがんばってるの」

トーマスはうなずいた。「まずは横になってもらえますか」入念な診察にイゾベルもエプロンをはずし、看護師としてつき添った。「もう数週間集中的に理学療法と言語療法に取り組めば、元気になるでしょう。僕の家の近くにある小さな個人病院のベッドが空いているはずなんです。そこにしばらく入院するといい。手配してもかまいませんか？」

トーマスはミセス・バリントンにほほえみかける一方で、イゾベルの反応を確認するのも忘れなかった。彼女の考えていることは一目瞭然で、冷静沈着な表情のまま心の中でため息をつく。

「僕がイゾベルと話す間、少し眠るといいですよ、ミセス・バリントン」

イゾベルは母に毛布をかけてから、トーマスの先に立って階段を下りた。そして古いが品のいい袖椅子を勧め、後ろ手に扉を閉めた。

「どうかな、イゾベル？」彼が単刀直入に尋ねる。

イゾベルはトーマスの向かいに腰かけ、すました顔をした。「どういうことです？」平静を装ったつもりなのに、声が震える。「誰に聞いて、どうして来たんですか？　いろいろ決める前にわかっておいてほしいんですけど、母を入院させてもらう話は本当にありがたく思います……どうして親切にしてくれるのかはわからないけど。でも無理なんです。私は無職だし、母の恩給は少ないし、ボビーの学費の納入期限だって迫っているから……」

「君が払っているのか？」彼は静かに尋ねた。

「ええ。だけど、実は貯金を崩さなければならなくて……母に必要なものを買うために……」イゾベルは間を置いた。「入院費を借りられるあてもありません。親戚はもう誰もいないから」突然、声を荒らげた。「でもここまでなんとかやってこられたから、これからも大丈夫だと思います。長い道のりになるかもしれないけど、マッサージ師が初日に来たときにやり方は教えてもらったので……」

トーマスは椅子の背にもたれ、長い脚を投げ出した。「イゾベル、最近鏡を見たか？」彼女が答えないと、トーマスは続けた。「このままではお母さんが回復する前に君が倒れる。そんなにやせて、食事も運動も満足にしていないんだろう？　僕は金の話などしていない。ミセス・バリントンは友人だと思っているから、請求するつもりはないよ」

「やさしいんですね」イゾベルの声はこわばっていた。「でも、同情してもらわなくても――」

「本当か？　今後お母さんに少し言語障害と麻痺が残り、疲れやすくなるとしても、自分のプライドのほうが大事なのか？　だとしたら、君にはがっかりだ、イゾベル」

彼女は視線を落としたが、涙で視界がかすんで膝の上で組んだ手は見えなかった。「でも本当にお金がないの」小さな声で言う。「家は賃貸だし、家具も悪いものじゃないけど、売ってもいくらにもならないわ。それに、母からこの家やわずかな財産を奪うことなんてできない。あなたにお金を借りたとしても、何年かかっても返せない……」

「むずかしい話じゃないよ、イゾベル」トーマスは静かに言った。「プライドを取るか、お母さんの健康を取るかだ。健康はお金には代えられない。君の母親のことなんだぞ、イゾベル」声が急に荒々しくなる。「そもそも、入院費をもらうなどとはひと言も言っていない」

イゾベルは顔を上げられなかった。「本当に母は全快するの？」

「ああ」

「いつか返せるときのために、いくらかかったかちゃんと教えてくれる？」

トーマスは手入れの行き届いた自分の爪に目をやった。「もちろんだ」そう言ってから、さりげなく尋ねる。「ボビーの学費は払えそうか？」

話すつもりなどなかったのに、言葉が口をついて出てきた。「すぐに仕事が見つかれば大丈夫。夜勤か休日出勤なら割りがいいし、精神疾患の患者の看護を引き受けてもいいし」

「そんな状態じゃ、他人の看護どころじゃないだろう」

イゾベルが不安そうに彼を見つめる。

しかし彼女が口を開く前に、トーマスが言った。「お母さんには今日じゅうに入院してもらう。君はどこかに身を寄せられないか？」

イゾベルは首を横に振った。「猫のブロッサムがいるから」

「では僕の家に来るんだ、イゾベル。ブロッサムも連れて。最低二日は絶対安静だぞ。仕事をさがすのはそれからでいい」トーマスは小さな部屋を見まわした。「一人でここにいるのはよくない」

「でも、私――」

「これ以上反論しないでくれ、イゾベル。今朝カリブ海から戻ったばかりで、まだ時差ぼけがひどいんだ。荷物を用意しておいで。出発は一時間後だ」

イゾベルは食いさがった。「だけど、どうして私たちのことがわかったんですか？」

「手段ならいくらでもある。さあ、いい子だから言われたとおりにしてくれ」

トーマスが立ちあがるとイゾベルも立ちあがり、ふと思い出したように言った。「楽しい休暇だったんでしょうね」

部屋を出ていこうとしていた彼が振り返る。「二週間、エラと一緒だったんだ」

泣くなんてばかみたい。イゾベルは涙をぬぐって二階に上がり、母の荷物をつめはじめた。先々の不安が払拭されて、母はずいぶん元気づけられたようだったが、イゾベルにはどんな言葉もなぐさめにならなかった。


きっかり一時間後、家の前にロールスロイスが到着した。両隣の住人がカーテンを開けてようすをうかがうのも気にせず、トーマスがドアベルを鳴らす。母を車に乗せ、ブロッサムを入れたバスケットを後部座席にそっと置くと、イゾベルは助手席に座るよう指示された。会話が少ないことにほっとしながら目を閉じていたせいで、イゾベルはトーマスの鋭い視線に気づかなかった。青いワンピースに着替え、髪をきれいに整えていても、やせ細って顔色が悪いのが玉に瑕《きず》だった。

ミセス・ギブソンもそう思ったようだ。「ついてきて、ミス・バリントン。すぐに寝かせるようにミスター・トーマスに言われたの。お昼はそれからよ。ナニーにはあとで会えるけど、まずは睡眠だわ」

以前と同じ部屋に案内されたイゾベルは、泣きたい衝動に駆られた。「お願い、ミセス・ギブソン。お風呂に入っていい？　急ぐから……」

イゾベルはバスタブにつかって髪を洗い、ミセス・ギブソンが持ってきてくれた昼食を食べるとベッドに横になり、一日の出来事を振り返った。

母の入院先の病院は環境のいい場所にあり、トーマスの屋敷からも歩いて五分しかかからなかった。母がいる階の看護師長はトーマスの言葉を聞きもらすまいと必死で、後ろに立っていたイゾベルは威厳に満ちた彼を心強く感じた。イゾベルが別れを告げると、母は驚くほど明るく幸せそうな声で言った。

「あなたもゆっくりできてよかった」

そして今、イゾベルは心地よいベッドにブロッサムとともに横たわっていた。将来のことをちゃんと考えなければと思ったのに、目をつぶるが早いか眠りに落ちる。ようすを見に来たトーマスは、ドア口で笑みを浮かべた。髪を枕に広げ、口を少し開けて眠るイゾベルは、驚くほどかわいらしく見えた。

8

トーマスが部屋に入ってきたとき、イゾベルはたっぷりの朝食を平らげているところだった。「おはよう」彼の口調はよそよそしく、視線は冷たい。「よく眠れたか？　気分がいいなら外出してもいいが、夜九時には休むように」

「母にはいつ会えるのかしら？」イゾベルはバターとマーマレードをぬったトーストを手に取った。

「今日は無理だ」トーマスはほほえんだ。「あとでようすを見てくるから、戻ったら話そう。君の体調しだいだが、明日なら問題ないと思う」

「泊めてもらったことは感謝しています。でも、母に会ったら家に戻るつもりです。仕事を始めたいから。ブロッサムがいるので、住みこみは無理だけど」

トーマスは厳しい視線を投げかけた。「好きにすればいい。だが、お母さんは回復するまで入院させること。金は大丈夫か？」

イゾベルの頬が赤くなった。「今週末に母の恩給が振りこまれるから」

トーマスはうなずいた。「忙しいから、もう行くよ。僕の言ったことを忘れないように。必要なものがあれば、ミセス・ギブソンに頼んでくれ」

必要なのはあなたなのに、トーマス。イゾベルは胸の中でつぶやいた。

しばらくすると一階に移ったエセルの部屋を訪ね、コーヒーを飲みながらしばらくおしゃべりに花を咲かせた。一緒に昼食をすませたあと、昼寝をしようと思っていたとき、電話が鳴った。

「お母さんは順調だよ」トーマスは前置きもなく言った。「リハビリも始めたし、病院にも慣れたみたいだ。君も言われたとおりにしているか？」

「ええ、ドクター・ウィンター。母のようすを知らせてくれてありがとう」

「悪いが、夕食はいらないとミスター・ギブソンに伝えてくれ。じゃあ」電話は切れた。

九時になると、イゾベルは素直にベッドに入った。睡眠と休養のおかげで肌の張りは見違えるほどよくなった。一瞬でかわいらしくなれる化粧品があればいいが、そんな都合のいいものはなかったから、クリームをたっぷりぬって精いっぱい髪をとかす。それから、ベッドの中で家計簿に記した恐ろしい数字とにらめっこをした。入院費だけでも天文学的な金額になりそうなのに、さらに言語療法と理学療法の料金まで加わるなんて。でも、なんとしても返さなければ。母の恩給に手をつけず、夜勤の仕事を選んで報酬をためたとしても、トーマスに借金を返すには何年もかかるだろう。涙が静かに頬を伝ってもイゾベルはぬぐおうとはせず、家計簿とにらめっこするのをやめて目を閉じた。

深夜の一時に帰ってきたトーマスは、イゾベルの部屋から明かりがもれているのに気づき、軽く扉をノックした。返事がないのでそっと扉を開けると、イゾベルはぐっすり眠っていた。クリームをぬった顔には涙の筋が残り、髪は乱れている。足元ではブロッサムがまるくなり、そばには家計簿があった。しばらく彼女を見つめたあと、トーマスはこっそり家計簿の内容を読んでもとに戻すと、ブロッサムの顎をくすぐってから部屋を出た。今夜一緒にいたかわいらしくも甘やかされて育った女性と、イゾベルのしみ一つない平凡な顔は対照的だが、いつまでも頭に残るのはイゾベルのほうだ。ずっとそうだった。トーマスは書斎に行き、端整な顔を医学雑誌に向けた。なにかに没頭しなければ、おかしな考えがどんどんわいてきそうだった。

翌朝ミセス・ギブソンが運んでくれた朝食をベッドですませ、イゾベルは急いで立ちあがった。「ミスター・トーマスは今夜も遅いみたい。でもあなたは好きな時間にお母様を訪ねてもいいそうだから、夫に送迎を頼んでね。求職のためになにか必要なら連絡が欲しい、とも言ってたわ。そうそう、ドクター・マーティンだったっけ？　お母様の回復はその方にきいてね。言づけはそれで全部だったと思うわ」家政婦はイゾベルににっこりした。「もう二、三日ここにいたら？　ナニーも喜んでいるし、あなたって手がかからないから」

イゾベルもなんとか笑みを返した。「やさしいのね、ミセス・ギブソン。でも、仕事に戻らないと。おかげでプロボクサー並みに元気になったから、母に会いに行ってくる。その間、ブロッサムをナニーに預けてもいい？　昼食前に戻るから、ミスター・

ギブソンに家まで送ってもらえると助かるわ」

「昼食はここで食べていって。それに、くだらないことは言わないの。もちろん、夫は車を出しますとも」

ドレッサーの前で化粧品を使ってできるだけきれいになろうとしていたとき、扉をノックする音がしてイゾベルはふと手をとめた。ミセス・ギブソンがコーヒーを持ってきたか、一緒に飲みたいというエセルの言葉を伝えに来たのだろう。だが、どちらもはずれだった。扉の向こうには、スエードのスカートにシルクのシャツを合わせたモデルのように美しいエラ・ストークスが立っていた。髪は計算して乱してあり、肩には高価そうなショルダーバッグをかけている。驚きと嫉妬に呆然《ぼうぜん》としているイゾベルに向かって、エラは言った。

「こんにちは」そしてにんまりする。「お母さん、大変だったわね。あなた方ってなんて不運なのかしら。あなたも働けないなんて。でも、経過は順調なんでしょう? トーマスに任せておけば大丈夫よ。彼って崖っぷちにいる人を助けるのが得意だから。あら、知らなかった? 資産家の彼には、お金のことなんて気にならないんでしょうね。だから返さなくたって平気だし、私からもそう言っておいたわ。だってあなたに払える金額じゃないうえに、ナニーによくしてくれた借りがあるもの」

ベッドに腰かけたエラに、イゾベルは覇気のない声で言った。「ありがとう。でも、おかまいなく。自分のことは自分でなんとかしたいの。ドクター・ウィンターもそのことはわかっているはずよ」

エラの甲高い笑い声が部屋に響いた。「ええ、そのとおりよ。トーマスはあなたのことをなんて言ってたと思う? 神経質、よ。もちろん、いい意味でね」

「でしょうね」イゾベルは穏やかに言った。「どうしてここへ？」

エラは目を大きく見開いた。「お見舞いに決まっているでしょう？」彼女は立ちあがった。「トーマスって使用人にはすごくやさしいから、私も見習っているの。さよなら、イゾベル」

イゾベルが三面鏡を見ると、怒りと情けなさの入りまじった青白い顔がこちらを見つめ返している。結婚相手に親密な話をするのは当然かもしれないけれど、私のことを神経質と言ったり、家計が苦しいことを話題にするなんて……。けれどもう一度入院費を払う方法がないかと考えをめぐらしても、なにも思いつかなかった。

昼食後にすぐ出発できるよう荷造りをすると、彼女はブロッサムをエセルに預けてから母のいる病院まで歩いていった。

母は片手に杖《つえ》を持ち、理学療法士の見守る中、病室の外の廊下を行き来していた。イゾベルを見つけるとうれしそうにほほえみ、すぐに病院をほめはじめた。「すぐ退院できそうよ」少しろれつのまわらない口調で言う。「みんな、とても親身になってくれるの。あなたもずいぶん元気そうね。家に戻るつもり？」

「今日、戻るわ。近場で仕事をさがすつもり。見つかったらすぐ連絡する。ブロッサムも連れて帰るから、家から通える仕事にしないとね」

「トーマスのおかげね」ミセス・バリントンは言った。「本当にやさしい人だわ！　昨日も来てくれたのに、今夜ももう一度来るって。治療の効果が出ているから、二、三週間もすれば退院できるそうよ。彼にもあなたにも感謝しているわ」理学療法士が少し離れたので、母はきいた。「お金は大丈夫？」

「心配ないわ。ママはただ元気になることだけを考えて」イゾベルはきっぱり言って、母の頬にキスをした。「もう行くわね。なるべく近いうちに面会に来るけど、とりあえず明日は電話する」

なにはともあれ、母はよくなっている。それがいちばん大事だ。

実家は狭くみすぼらしく見えた。イゾベルはトーマスに感謝のメモを書き残してきたけれど、そこに自分の気持ちはみじんも表さなかった。ミスター・ギブソンが帰ってしまうとブロッサムを庭に出し、洗濯機をまわして紅茶をいれてから、看護師紹介所に電話をした。

紹介所の担当者が不機嫌なのも無理はなかった。電話一本で動くもっとも頼れる看護師の一人であるイゾベルが、三週間も仕事を断っていたからだ。だがイゾベルの切迫した声に、担当者の態度は少しやわらいだ。「さがしてみるわ。夜勤希望で、住みこみは無理なのね?」しばらくして彼女は言った。「先ほど依頼があったの。肺炎から回復中の、不眠症の未亡人よ。睡眠薬は嫌いで、住みこみの家政婦を夜どおし働かせたくないみたい」追い討ちをかけるように言う。「報酬はかなりいいわ。休みのない夜勤は本来なら断るんだけど、短期間だから」

電話で話している間も、イゾベルは封筒の裏にせわしなく計算式を書いていた。まとまった額がもらえるなら、患者を選んでいる場合ではない。まずは家計を立て直すことが最優先だ。

「引き受けます。今夜からですか?」

「可能ならね。通いやすい場所よ」担当者が読みあげた番地はチェルシーからほど近かった。「バタシー橋のバス停が便利ね。勤務時間は午後八時半から翌朝八時半までで、食事休憩は三十分」彼女はためらいがちに言い足した。「きいてはいないけれど、朝食は帰る前に出してくれるでしょう」

仕事をしていれば、トーマスのことも母のことも考えずにすむ。イゾベルは洗濯物を干し、ベッドを整えてから近所のスーパーへ急いだ。ブロッサムに餌をあげて自分も簡単に食事をすませると制服に着替え、猫がお気に入りのバスケットにおさまるのを見たあと、戸締まりを確認して家を出る。時間に余裕はあったが、バスを何分待つかわからないし、道に迷うかもしれない。

だがバス停に着いたとたんバスはやってきて、道に迷うこともなかった。エドワード朝の家が立ち並ぶ中にあるその家は、がっしりした不格好な外観をしていた。イゾベルは少し時間をつぶしてから、きっかり八時半に呼び鈴を鳴らした。

出てきたのはこぎれいなメイドで、今どきめずらしい黒い制服に真っ白なエプロンをつけていた。イゾベルを見ると彼女は笑顔になり、廊下の先の小さな部屋へ連れていった。「少しお待ち下さい、ミス・バリントン。奥様を呼んできます」

狭苦しく、家具の多すぎる部屋だった。無意識のうちにトーマスに初めて会った部屋を思い浮かべている自分に気づき、イゾベルは頭を振った。彼のことを忘れるのは無理かもしれないが、わざと思い出すのもばかげている。鳥の剥製《はくせい》が三羽並んだガラスケースを眺めていると、年老いた男性が入ってきた。

彼はやや尊大な口調で言った。「君は看護師だね？　ミセス・ダルトンの主治医のドクター・スノーだ。彼女の病状を説明しておこう」

医師は空っぽの暖炉の前に立ち、咳《せき》ばらいをした。「非常に繊細な方だから、看病の際にはじゅうぶん注意してほしい。肺炎は抗生物質でほとんど完治しているが、もともと病気には神経質で、こんなに早く治るとは信じられないようなんだ。過度の心配性から来る不眠を患っていてな。住みこみの家政婦はできるだけのことをしてくれるが……」彼は口をつぐんだ。イゾベルを不信感に満ちた目で観察していたが、どうやら満足したらしく話を続ける。「機嫌を損ねないことが第一だ。看護の必要はほとんどない。歩きまわれるし、一人で風呂にも入れる。ただ、相手をしてやってほしい」医師は窓辺に歩いていった。「休みなしの夜勤だが、大丈夫かな？　ミセス・ダルトンは人が代わるのをいやがるのだ」

「大丈夫です、ドクター・スノー。でも、毎朝八時半には帰らせていただくと伝えてください」

「ああ……そうだな、その点は異存ないと思う。さあ、ミセス・ダルトンに紹介しよう」彼はさらに尊大に言った。「私も忙しいんでね」

イゾベルは直感的にドクター・スノーを嫌いになった。患者のことも好きになれない予感がしたが、会ってみると直感は正しかったと確信した。ベッドで待っていた女性は、巨体に似合わぬシルクとレースのパジャマに身を包んでいた。凝ったシルクの上掛けの上には本や雑誌が無造作に置かれ、ベッド脇のテーブルにはチョコレートがひと箱とワインのボトルが並んでいる。暖かすぎる部屋はフランス製の香水の香りでむせるようだ。

医師がイゾベルを紹介しても、ミセス・ダルトンはうなずいただけで、にこりともしなかった。その代わり、値踏みするようにイゾベルを上から下まで観察した。「毎日来られるでしょうね？」

「先ほども申しあげましたが、朝は必ず定刻で帰らせていただきます」

「八時半には終わらないかもしれないわ」

「それなら、日中は別の看護師を頼んではいかがでしょうか、ミセス・ダルトン」イゾベルが言うと、後ろで医師が息をのむ音が聞こえた。

「家には使用人がうじゃうじゃいるのに！　無神経な人だけど、承知するしかなさそうね」女性は医師に顔を向けた。「明日も来てくださる？」

「もちろんです、ミセス・ダルトン。いつもどおり、午前中にうかがいますよ。それではおやすみなさい。誰かそばにいれば、きっと眠れるでしょう。朝にはいい話が聞けることを期待してますよ」イゾベルにはおやすみの挨拶の代わりに、高慢な口調で言った。「見送りは結構だ」

どうやら、ミセス・ダルトンはひと筋縄ではいかない人のようだ。病院勤めしていたころにも似たような患者を担当したことはあるが、ほかの患者が苦情を聞くのを引き受けてくれていた。残念ながら、ここにはそういう元気のいい患者はいない。どれほど文句や自己憐憫《れんびん》にひたるような発言を繰り返しても、ミセス・ダルトンをとめる者はいないのだ。こんなの看護じゃない、とイゾベルは思った。自分勝手な女性に取り入っているだけだ。時計の針が午前零時をまわるころ、ミセス・ダルトンは眠ると言い出した。「部屋にいてくれるわね、ミス・バリントン。必ず目が覚めて、なにか必要になるでしょうから」

イゾベルはなるべくベッドから離れた場所に椅子を置き、小さな明かりをつけて部屋を出ようとした。「キッチンに行って、食事の用意があるか確認してきます」静かに言う。「おやすみ前に食事をすませたほうがいいですよね?」

ミセス・ダルトンは急に起きあがった。「一人にしないで! 病気だって言ったでしょう」

イゾベルは立ちどまった。「紹介所からは十一時間半勤務だと聞いています。食事休憩に三十分はいただけると」そう言ってから、やさしい口調になった。「ミセス・ダルトン、夜は長いんです。本来なら夜勤は十時間までなんですよ」

「それなら早くしてちょうだい」ミセス・ダルトンはふてくされた顔をした。「使用人にはなにも言ってないから、自分で用意してね」

その必要はなかった。誰かがキッチンのテーブルに食事を用意してくれていたからだ。サラダとロールパンには小さなデザートまでついていて、魔法瓶にはコーヒーも入っていた。イゾベルはありがたく食事をとり、皿を洗ってから三分も余裕をもってふたたび患者の待つ部屋に戻った。

ミセス・ダルトンはしっかりと目を開けていた。

「ふん」彼女は言った。「あまり食材を使っていないといいけど」

「食事は用意されていました、ミセス・ダルトン。明かりを消す前に、なにか必要なものはありますか？」

その日から神経をすり減らす夜が続いた。ミセス・ダルトンは多額の報酬を支払ったぶん、もとを取ることも忘れていないようで、週末が近づくころにはイゾベルは立っているのがやっとだった。けれど、お金のためには働かなければならない。トーマスからは忘れられてしまったようだが、母が全快したらいやでも私を思い出すはずだ。そんなふうに思うのは心が狭いとわかっていても、自尊心を保つ役には立った。

その週は二度、母の見舞いに行くことができた。朝食をとってすぐに病院に向かったのは、家に帰って家事とブロッサムの世話と買い物をすませたあとでは、会話ができないくらいへとへとになるからだ。イゾベルは母を看病していたときよりもさらに体重が落ち、顔色も悪くなっていた。

仕事が二週目に入ったとき、新たな責任が増えた。家に帰る途中、目をおおいたくなるほどやせこけた犬が空き家につながれていたのだ。イゾベルは一時間かけて近所を訪ねては飼い主をさがし歩いたが、無駄骨に終わった。最終的に警察に届けると、対応した巡査は飼い主が見つかるまで預かると言った。

「見つからないとは思うが」彼は言った。「十中八九、夜逃げだろうから。かわいそうに、見るにたえないありさまだね」

巡査の言うとおりだ。飢え死にしかけたみすぼらしい犬は尻尾が細く、顔は狐《きつね》に似ていた。黒い毛は痛々しいほどぼさぼさだ。イゾベルは犬を連れて帰って風呂に入れ、古びた毛布でベッドをこしらえてやった。厄介だと思ったが、哀れなほど懸命に尻尾を振る姿を見ているとほうっておけなかった。犬は三日もするとブロッサムと固い友情で結ばれたうえに、イゾベルにも献身的な愛情を示した。

「ママが帰ってきたら、なんて言うかしらね」イゾベルはフライデーと名づけた犬に話しかけた。拾った日がちょうど金曜日だったからだ。イゾベルは新しい首輪と名前と住所の入った金属のネームプレートを買い、毎日買い物に一緒に連れていき、少しだけ広場で遊ばせてやった。父がいたころに飼っていた二匹の犬は毎日長く散歩させていたから、今の生活が犬にとって理想的とは言いがたいが、縄につながれて野たれ死ぬよりはましだろう。

二週目の終わりに、ドクター・スノーが週明けには看護師の必要はなくなるだろうと言った。もともと看護など必要なかった、とイゾベルはもう少しで言いそうになったけれど、分別のほうがうわまわった。高い報酬に代わるものはない。イゾベルはもらったお金をほとんど全額学費用の口座に預金した。

ドアベルが鳴ったのは、夜、フライデーを散歩に連れていって家の掃除をすませ、やかんを火にかけたときだった。トーマスは両隣の家の窓でカーテンが揺れるのにも気づかないようすで、家の中に入ってきた。「ききたいんだが、イゾベル、ここらの人は君を始終監視しているのか？　興味があるならカーテンの隙間からじゃなくて、堂々と見に来ればいいのに」診察用のバッグを床に置く。「君も男性のことであれこれ陰で言われるのはいやだろう？」彼はにっこり笑った。「このバッグを持つと医者らしく見えるからね」

イゾベルはトーマスを居間へ通した。「母のことでいらしたの？」

「いや、来たのは君のことでだ。休みなしで毎日十二時間の夜勤をこなしているそうじゃないか。働きすぎだよ、イゾベル。自分を見てみるといい……まあ、どう見えるか教えるのは控えるが、君のためになっていないのは明らかだ」

「どうして知っているの？」イゾベルはきいた。

「ドクター・スノーとはちょっとした知り合いなんだ。これ以上は働くな、イゾベル」

私だってそうしたい。だがトーマスの傲慢な口ぶりに、イゾベルの怒りに火がついた。「辞めないわ！　どのみち、今週いっぱいで終わりだけど」そう言いきってから、苦々しくつけ加える。「ミセス・ダルトンに看護の必要なんてなかった。ところで、母のようすはどうですか？」

「順調に回復している。最高の患者だよ。あと一週間もすれば退院の許可が出ると思う。もちろん、定期的な通院は必要だが。少しの間どこかで静養すれば、普段の生活に戻れるだろう」

イゾベルはトーマスを見つめたが、頭の中は新たな計算式でいっぱいだった。静養するとなれば、またお金がかかる。弟の学費を誰かに借りなければ。

トーマスがさらりと言った。「心配はそのときになってからすればいい、イゾベル」彼はふと、ブロッサムのバスケットの中で一緒に寝ているフライデーに目をやった。「いったいなにを拾ってきた？」

「空き家につながれていて、引き取り手がいなかったの。ブロッサムの相手にもなるし……」

「次の仕事が住みこみだったらどうする？」

「そのときになったら考えます」イゾベルはやんわりと言った。

だが、トーマスの口調は荒々しかった。「僕が連れて帰る。以前に飼っていた犬を亡くしてから、ずっと飼おうと思っていたんだ。ブロッサムもその相手として来ればいい」二匹に視線を向ける。「僕がいないときは、ナニーの話し相手になるだろう」

「どこかに行くのですか?」きくつもりはなかったのに、思わず口をついて言葉が出てしまった。

彼はなにやら考えているような目でじっとイゾベルを見つめた。「診察室や仮眠室のある病院に行くだけだ。どこへ行くと思った?」

イゾベルは疲れきっていた。頭も働いていない気がする。「その、新婚旅行とか……」

トーマスはさらりと言った。「よけいなことを言いふらしている人物がいるみたいだな」

「ああ、いやだわ……使用人は噂《うわさ》なんてしていない。みんな、そんなことはしないもの。エラもはっきりそう言ったわけじゃなくて。でも結婚したら、普通は新婚旅行に行くでしょう?」

トーマスの目は石英のように黒かった。イゾベルがしっかりしていたら、彼が激怒していることに気づいただろう。「たいがいはそうだね。どこへ行くか、エラは言っていたか?」

「まさか、きいていません。彼女も行くと言ってたわけじゃなくて……ただ、あなたは使用人にはやさしいから、自分もそうなりたいって」

「で、彼女の口調から結婚すると思ったわけだ」

「だって、一緒に旅行にも行ったし……週末も一緒だったし……もう何週間も前の話だけど。一緒だったんですよね?」

トーマスの声に、イゾベルの背筋はぞくりとした。

「ああ、イゾベル、そうだよ。君は僕の私生活にずいぶん興味があるみたいだね」

イゾベルは無言でトーマスを見つめた。今の状況でなにが言えるだろう? そうよ、トーマス、興味があるわ。だって、私はあなたを愛してるもの。あなたは私の大嫌いなエラを愛してるみたいだけど、とでも? そう言ってもなんにもならないのに。イゾベルは代わりに礼儀正しく尋ねた。「コーヒーか紅茶でもいかが？　私もお茶にしようと思っていたんです」

「いや」トーマスはなにかに追いたてられるように言った。「フライデーのリードとブロッサムのバスケットを持ってきてもらえれば、すぐに行く」イゾベルが指示されたものを持ってくると、彼は言った。「君とは友達になれたと思っていたのに、僕の一人よがりだったようだ、イゾベル。当初の印象では考えられなかったが、だんだんと君のことが好きになっていたんだ。一緒に過ごして、いろいろあったしね。君といるとほっとする」

イゾベルは顔を上げずにブロッサムを撫《な》でた。「家庭料理しか作れないからでしょう」ぼそりと言うと、突然ブロッサムのバスケットを手からもぎ取られた。

「いつまで根に持っているんだ」トーマスの声は辛辣だった。

無言のまま彼の横を通り抜け、イゾベルは玄関に向かった。ブロッサムのバスケットと興奮してはしゃぐフライデーのせいで、廊下は窮屈だった。

「お母さんのようすが君に伝わるよう手配しておくよ」トーマスはいつもの冷ややかなドクター・ウィンターに戻っていた。「あと二週間は入院が必要だから、ロンドン以外の仕事を引き受けても大丈夫だ」彼はイゾベルの頭越しに粗末な壁紙を見つめている。「戻れないようなら、ドクター・マーティンに連絡してくれ。この二匹は預かる」

「ありがとう。感謝しています」イゾベルはトーマスの顔を見ずに言って扉を開けた。「さよなら」

「さよならは言わないよ」トーマスはやさしい声で言うと、激しく唇を重ねた。

彼が去ったあとの小さな家は静まり返っていた。動物たちがいないのは寂しいが、母が退院して誰かが一日じゅう家にいるようになるまでトーマスに預かってもらったほうが二匹のためだ。イゾベルはベッドに横になり、この先どうしようかと考えた。母には明日の午前中に会いに行って、週末以降は頻繁に面会に来られないかもしれないと伝えよう。なにがなんでもロンドンの外で仕事を見つけなければ。登録している紹介所は有名なだけあって市外の案件も多ければ、遠くスコットランドから依頼が入ることもある。僻地《へきち》で一、二週間過ごすことができればトーマスを忘れられるか、少なくとも自分の中で折り合いをつけられるだろう。理性的な考え方ができなくなるほど深い悲しみに疲れはてたあと、彼女はやっと眠りについた。

翌朝病院に顔を見せると、母はやけに明るい顔をしていた。杖をつけば一人で歩け、言葉もほぼ普通だ。母が先行きを不安に思っていないようなので、イゾベルもあえてその話には触れなかった。

「ママの調子もよさそうだから、ロンドンの外で働こうと思うの」イゾベルは言った。「ミセス・ダルトンの看護は骨が折れるわ。もっと楽な仕事が見つかるといいのに」

母は青白く悲壮な娘の顔をじっと見た。「そのほうがいいわね。私はここにいれば心配ないから、いつでも電話をちょうだい。一人で家にいるのは寂しいでしょう」

ミセス・ダルトンの看護は土曜日までの契約だった。その週の金曜日にイゾベルが紹介所に足を運ぶと、担当者はめずらしく上機嫌で迎えてくれた。

「あなたが来るなんて奇遇だわ」彼女はくだけた調子で言った。「依頼があったの。場所は高速を降りてすぐの、ハイウィカムの小さな村よ。結構な田舎町ね。六歳の男の子が重度のはしかなのに、母親は出産間近で看病できないみたい。年配の養育係《ナニー》もいるけど、面倒を見きれないそうよ。短期なのが残念だけど、若い夫婦で条件もよさそうだわ」

「ミセス・ダルトンの看護は明日の朝までなんです」イゾベルは言った。

「大丈夫。現地に到着するのは日曜日の朝でいいから。まる一日あるでしょう?」

あわただしくなるわ、とイゾベルは思った。だが、理想的な仕事だ。「引き受けます」

「この番号に電話をしてもらえれば、先方が迎えに来てくれるわ」

「まあ、めずらしい。助かります」

ダルトン家での最後の夜は最悪だった。どこも悪いところがないのに、ミセス・ダルトンは全然眠ろうとせず、飲み物を要求したりベッドを整えろと言ったり、スポンジで顔をふけとまくしたてたりした。やっと眠ったのはイゾベルがもう一度飲み物を用意したあとで、朝の八時半になってもぐっすり眠っている彼女を起こす気にはなれなかった。心ない別れの挨拶を述べられてもうれしくないわ、と思ったイゾベルはキッチンで紅茶を飲み、患者に礼儀正しいメモを残して家路についた。

することは山ほどあった。清潔な制服をバッグにつめて母に電話をかけたら、次は新たな患者の母親に連絡を入れ、落ち合う場所を決めなければいけない。すべてを終わらせたイゾベルはシャワーを浴び、バターをぬったパンを何枚かおなかに入れてからベッドにもぐりこんだ。夕方になるとベッドから這《は》い出し、洗濯した衣類にアイロンをかける。それからミスター・ギブソンに電話をし、ブロッサムとフライデーのようすを尋ねた。

二匹とも落ち着いている、とミスター・ギブソンは教えてくれた。トーマスのようすも知りたかったが口が裂けてもきけず、エセルによろしくとだけ伝えると、イゾベルは受話器を置いた。

翌朝の迎えは九時から九時半の間に決まった。その夜イゾベルは簡単に夕食をすませ、お風呂に入ってまたベッドにもぐりこんだ。トーマスのことで頭がいっぱいで、眠れるとは思わなかった。

だがぐっすり眠ったおかげで、朝にはずいぶん気分はよくなっていた。迎えの車が到着するころには、ほぼ普段どおりの顔色だったくらいだ。アストンマーチンを運転してきた男性は、不安げな顔で小さな家の立ち並ぶ通りを見まわしている。イゾベルは表に出て明るく挨拶をすると、さっさと自分のバッグを車に積みこんだ。歩道で自己紹介をするのはためらわれたし、両隣の人々の視線が気になるのか、ミスター・デニングは落ち着かないようすだった。

「このへんの人は詮索好きなんです」その説明に彼が笑い声をあげると、イゾベルも一緒になって笑った。いい人だ。家族がみんなこんな感じなら、今回は運に恵まれたと言えるだろう。

ミスター・デニングは道中、息子のピーターの話ばかりした。「活発な子でね」彼は父親らしく誇らしげな表情を浮かべた。「ナニーには少し手にあまるようだ。実のところ、何年か前にナニーには家政婦になってもらったんだが、誰かがあの子を見ていないと。今は斑点だらけだよ」

「寝こんでいるのですか？」

「ああ……熱が高くて、発病して四、五日目になるかな」

高速道路を下りて田舎道を少し行くと、すぐにかわいらしい村が見えてきた。緑が多く池や古いコテージが点々とたたずむ光景に、イゾベルは喜びのため息をついた。デニング家は村の端にある赤い煉瓦《れんが》の屋敷で、大きな庭があった。車がその前にとまると玄関の扉が勢いよく開き、犬が数匹走り出てくる。続いて出てきたかわいらしい女性は、夫に抱きついてからイゾベルの方を向いた。「来てくれて本当によかった！」彼女はうれしそうに言った。「ナニーは私以上に喜んでいるはずよ。ピーターはベッドから出られないのをずいぶんいやがっているみたい。ひと息入れたらようすを見てもらえるかしら？　午前中に往診もあるの」

ミセス・デニングはイゾベルを中に招き入れ、家の奥の庭を見おろす部屋に案内した。

「先に荷ほどきをどうぞ。終わったら下りてきてちょうだい。休憩時間を決めないといけないわね？　コーヒーをいれておくから、そのあとでピーターには会ってもらえればいいわ。私はそばに寄れないの」彼女は大きなおなかをそっと撫でた。「あと二週間よ。女の子だといいけど！」

一人になったイゾベルはスーツケースの中身を引き出しにしまい、もともときれいな髪を少し直してから階段を下りていった。文句なしの居間には座り心地のよさそうな椅子がそこここにあり、新聞を広げた上では犬や猫が昼寝をしている。

「あまりきれい好きじゃなくて」ミセス・デニングの口調はまったく言い訳がましくなかった。「コーヒーをどうぞ。そして休憩時間を決めましょう。私が考えていたのは……」彼女はふと口をつぐんで、イゾベルの背後にある細長い窓に目をやった。

イゾベルも振り返りたい衝動に駆られたが、礼儀を忘れたくなかったので我慢した。

「いらっしゃい！」ミセス・デニングがうれしそうに言った。「庭から入ってきたのね。コーヒーをいれたばかりなの。こちらが看護師の……まだ名前を聞いていなかったわ」

「イゾベルだよ」トーマスがそう言って、イゾベルが座る椅子の後ろから姿を現した。

9

イゾベルは振り返ってトーマスを見つめた。うれしさから顔がほころび、頬が赤くなるのをとめられなかったが、いつもより幾分高い声でなんとか冷静に挨拶をする。

トーマスは部屋を横切り、ミセス・デニングの頬にキスをした。「モリー、今日はいつになくすてきだよ。僕の名づけ子の具合はどう？」

「体じゅう斑点だらけで、めずらしくおかんむりよ。イゾベルには申し訳ないくらい」

「彼女なら任せられる。コーヒーをもらうとするかな。ジャックは今、車をとめてくれている」

「イゾベルは今来たばかりで、私たちのこともピーターのこともまだなにも話していないの」トーマスはミセス・デニングが差し出したコーヒーをイゾベルに渡してから自分のぶんを受け取り、二人の間の巨大な椅子に腰を下ろした。

「ピーターの部屋には僕も一緒に行って、必要事項を話しておく。今日で四日目だったね？」

なにも言わなかったが、イゾベルは場違いな思いをしていたわけではなかった。あたりにはほっとできる心地よい雰囲気が漂い、戻ってきたミスター・デニングのくだけた調子にも心はなごんだ。だが、病人の待つ部屋にトーマスと二人で向かうときは違った。イゾベルは階段の踊り場で足をとめて、彼の方を振り返った。「ピーターの主治医とは知らなかったわ、ドクター・ウィンター。知っていたら断ったのに……」

トーマスは手すりにもたれかかった。「そうだろうね。だがもう手遅れだ。さあ、こっちへ」

ピーターの部屋は短い廊下の先だった。

「ゆうべ遅くに君のお母さんに会った。すばらしい回復ぶりだ。学校が休みに入って、ボビーが直接友人宅に泊まりに行ったのは幸運だったね」

「ええ、本当に。心配しても、なるようにしかならないのね」

トーマスはうなるような声を出しただけで部屋の扉を開け、イゾベルが先に入れるよう一歩下がった。明るく広い子供部屋の壁にはポスターが飾られ、窓のそばにベッドがある。小さな男の子がいぶかしげにイゾベルを見たあと、すぐにうれしそうな声をあげた。

「トーマスおじさん！　もう起きたいよ。養育係《ナニー》はだめって言うんだ。お医者さんでもないのに」

少年の名づけ親でもあるトーマスは部屋を横切り、ベッドのそばでかがんだ。「ナニーの言うとおり、熱が下がるまでベッドから出ちゃだめだ。ナニーにはお休みをあげて、これからイゾベルに君の面倒を見てもらう。イゾベルは僕に毎日電話をするから、熱が下がったと彼女が言えばベッドから出てもいいよ。さあ、横になって」

ピーターは手伝うイゾベルをいやがらず、彼女のことをずっと観察していた。「かわいいね」やっと結論が出たのか、そう言う。「美人じゃないけど、口の端が上を向いてるし、目がきらきらしてる。僕のこと、怒るの？」

「怒らないわ」イゾベルは言った。「私にも弟がいるの。あなたはやんちゃなことはしないものね」

イゾベルはピーターの体温をはかり、心地よく寝られるように枕を直してやった。

「寝てばかりでつまんないよ」ピーターは言った。

「それじゃあ、おもしろい遊びを考えないとね」イゾベルはにっこりした。赤い斑点だらけでも、かわいらしい子だ。

トーマスが聴診器をしまった。「イゾベルの言うことをしっかりきいていれば、あと五、六日で治るよ。ちょうど弟か妹が生まれるころだね」

「僕、弟も妹も欲しくないよ、トーマスおじさん……」

「そんなことはないだろう。いつも見守れて、たまに偉そうにできる相手がいると楽しいんだ。家族の中でお兄ちゃんは貴重な存在なんだぞ」トーマスはベッドのそばにやってきた。「明日かあさってにもう一度来るから、イゾベルをよろしくな。彼女はここをよく知らないんだ。イゾベル、ちょっと外で話をしよう」

廊下に出ると、彼はきいた。

「君の部屋はここか？」ピーターの部屋の隣にある、半分開いた扉に顎を向ける。「よかった。注意点だけ説明しておこう」

二人で並んでベッドに腰を下ろしたあと、トーマスは患者のための日課を書きはじめた。

「少しでも心配なことがあったら電話してくれ。ピーターは僕のお気に入りでね」彼はイゾベルをじっと見た。「調子がよくないみたいだな。できるだけ外の空気を吸うように。モリーはきちんと休憩させてくれるはずだ。今週は休みがないかもしれないが、そのぶんはあとで休ませてくれるだろう」トーマスが立ちあがったので、イゾベルもあわてて立った。

彼といると恥ずかしくなると同時に怒りがこみあげてきて、なにを言っていいかわからない。

そこで最初に思いついたことを口にした。「ブロッサムとフライデーはどうしているかしら？　落ち着いている？」

「とてもね。家じゅうの人間が甘やかしているよ。ナニーもおかげで最近は活動的だ」

イゾベルは扉ににじりよった。「彼女によろしく伝えて。私は……ピーターの部屋に戻ります」

トーマスはかすかにほほえんだ。「かわいいイゾベル、君に伝えたいことがたくさんあるが、今はそのときではない」トーマスがピーターの部屋の扉を開ける。イゾベルがその脇をすり抜けて中に入ると、彼はなにも言わず扉を閉めた。

ピーターの相手は大変だったが、ミセス・ダルトンに比べれば楽なものだ。トーマスに命じられたとおりに規則的な生活を心がけてもなお時間があまるので、イゾベルはあの手この手でピーターを楽しませた。重度のはしかの場合、結膜炎を併発する恐れがあり、字が読めない。イゾベルはときには一時間以上少年に本を読み聞かせ、飽きてくると、今度はさまざまな色のついた粘土で遊んだ。子供部屋で録音機を二つ見つけ、二人で簡単な歌を吹きこんではおなかをかかえて笑ったりもした。

ナニーに会うのは緊張したが、話してみると元気いっぱいの少年に遊び相手ができたことを心から喜んでいるようだった。イゾベルの休憩時間には、ナニーがピーターのそばにいてくれた。

毎朝早く車で出ていき、お茶の時間が終わったころに戻ってくるミスター・デニングの姿はほとんど見かけなかったが、反対にミセス・デニングとはずいぶん親しくなった。気立てのいい彼女はイゾベルが心地よく過ごせているか毎日気を配ってくれ、日課のように昼食を一緒にとった。

トーマスと直接話すことはなく、ミセス・デニングの話に頻繁に名前が出てきても彼が今どこでなにをしているのか、イゾベルにはまったくわからなかった。

結婚式も終わったころなんでしょうね。イゾベルは情けない気持ちで考えた。人生って不思議だ。ロンドンから離れよう、トーマスと距離を置こうと必死に努力したのに、彼がまた私の目の前に姿を現すなんて。これが恋愛小説ならトーマスがお膳立てしたという話になるのだろうが、現実は恋愛小説とはほど遠く、私がここにいるのは運命の意地悪ないたずらにほかならない。こんなみじめな気持ちでなければ、デニング家で過ごす日々は文句なしに楽しかったはずだ。この家の人はみんなやさしく、毎日一人になる時間もあり、ナニーの料理は最高で、ピーターもずいぶん私になついているから。

暖かい日が続いたせいもあり、イゾベルは少しふっくらして頬にも赤みが戻ってきた。看護師が夢見るような職場だが、契約終了期限は刻一刻と迫っている。ピーターの病状は日ごとによくなり、発疹《ほっしん》も引いていたからだ。小さな子供の命取りになるような合併症も免れた以上、長くても働くのはあと一週間だろう。感染症の危険がなければ母親でも面倒を見られるし、広い庭もあれば、遊び相手になる犬もたくさんいる。翌朝イゾベルは数日後に解雇される覚悟で、ミセス・デニングのいるキッチンに向かった。

しかし、予想どおりの通告をしたのはデニング夫妻ではなかった。土曜の午後遊びにやってきたトーマスが、ピーターの部屋に顔を出したのだ。

「これ以上は仮病だな」トーマスは言った。「明日、一時間なら起きて好きなことをしていい。イゾベルがいいと言ったら、あさっては庭で遊べるぞ」彼はイゾベルを見た。「契約は来週の金曜までだ」

「ええ……ピーターは順調に回復しているものね」イゾベルはトーマスの目を見られなかった。「ちょうどいいわ。ボビーも帰ってくるし……」

「別の仕事を引き受けないのか？」トーマスの口調からは、彼がなにを考えているのかわからない。

「そうしたいわ。でも、住みこみは無理だから」

「僕にできることはあるかな？」

イゾベルの口調は重々しかった。「ありがとう、でも大丈夫です。仕事ならすぐに見つかると思います。ここを出る前に会えるかしら？」

トーマスはあっさり答えた。「ああ、たぶん」

「さよならを何度言ってもまためぐり合うなんて、不思議ですね」

「そうだな」トーマスは穏やかに言って窓の方を向いた。そのせいで、彼の目がきらりと輝いたのにイゾベルは気づかなかった。「僕はさよならは言わないよ、イゾベル」

もう会えないと思うと気分が悪くなりそうで、イゾベルは少し荒っぽく言った。「『タトラー』誌でエラを見かけたわ。すごく美しかった」

急に話題を変えたのに、トーマスの表情は揺らがなかった。「エラが美しい？　魅力的だし、人目を引くのは確かだが、美しくはない」少し考えて言い足す。「彼女に憧れるか？」

「あなたの言うとおりの女性だもの」

「それだけじゃないよ。彼女を養うのは大変だ。あんな容貌になるには金がかかるからね」

イゾベルの声がこわばった。「だとしても平気でしょう？　誰かがあなたを大金持ちだって言ってたもの」

トーマスの目が危険な色をおびた。「その誰かが、僕とエラが結婚すると言ったんだね？」

「いいえ……」イゾベルはためらった。言葉を選ばなければ。「そうよ……あなたが裕福だって言ったのはエラ。それに使用人に対してもすごくやさしいから、自分もそうなるんだって」

「式の日取りも聞いた？」トーマスは興味津々なようすで尋ねた。まるで楽しんでいるかのようだ。

「そんなこと、私に言う理由がないでしょう？」

「いくつか思いつくが」彼はイゾベルを振り返った。

「今週は休めたか？」

「いいえ、でも大丈夫です。大変な仕事じゃないし、毎日午後に休憩時間をもらっているし」

「よかった」トーマスはうなずいた。「元気になったみたいなのになにが心配なんだ、イゾベル？」

突然の質問に、イゾベルは彼の納得する答えを必死にさがしたが、気のきいた言葉は出てこない。

「別に」意味のない言葉が口を突いて出た。

トーマスはさらに追及したいようだったが、そのときミスター・デニングが現れて質問攻めにされそうなイゾベルを救ってくれた。部屋に顔をのぞかせ、紅茶の用意ができたから庭に来るようにと声をかけたのだ。しかし、ピーターが自分も庭に出たいと駄々をこねはじめた。

「私と一緒にここで飲みましょう、ピーター」イゾベルは言った。冷静さを取り戻せて安堵《あんど》のため息をもらしそうになったが、トーマスはそう簡単にあきらめなかった。

「それだとナニーが悲しむよ」彼は言った。「君と一緒に紅茶を飲みたいから、ケーキも焼いたのに」

ピーターは言った。「じゃあ、行っていいよ。でもすぐに戻ってきてね、イゾベル」

「わかってる。寝る前にすごろくをしましょうね」

紅茶は家の裏庭にある桑の木の下に用意され、サンドイッチやケーキ、ショートブレッドにスコーンも並んでいた。「ナニーは最高のシェフなのよ！」ミセス・デニングは言った。

「イゾベルもそうだよ。ストックホルムではずいぶんいい食事をさせてもらったが、オーフォードでは彼女が毎回食事を作ってくれたんだ」

ミセス・デニングはイゾベルに心からの笑みを向けた。「料理ができるなんてひと言も――」

「彼女は謙虚なんだ」トーマスは口いっぱいにケーキをほおばりながら言った。

トーマスは夕食前に帰ってしまった。行く間際にミセス・デニングの頬にキスし、ミスター・デニングの肩をぽんとたたいたが、イゾベルには軽くうなずいただけだった。〝さよなら、ドクター・ウィンター〟という言葉には返事すらしなかった。

夕食の間、目を輝かせ頬を紅潮させながらいっきにまくしたてたかと思うと急に黙ってしまうイゾベルを、ミセス・デニングはずっと見つめていた。そして食べるふりをするイゾベルが見ていないところで、夫にウインクする。イゾベルが二階に行ってしまうと、彼女は言った。「トーマスはわかっているのかしら?」

「ダーリン」ミスター・デニングは言った。「トーマスのことは昔からよく知っている。あいつは女性に惚《ほ》れこんだこともなければ、この先誰か一人に夢中になることもない男だ」

「あなたの言うとおりでしょうね。でも、あの二人は誤解し合っているように見えるの」

ミスター・デニングは妻の言葉を考えてみた。

「イゾベルみたいな子は、金持ちと結婚してはいけない理由をいくらでも思いつく。だから、愛があれば金は関係ないと彼女を説得しなきゃならない。それからトーマスが最初からエラに興味がないことに、イゾベル自身が気づかないとな。しかしそんなこと、トーマスは絶対に言わないだろう。あいつが告白したくなくなるようなことを、イゾベルなら言いかねない気がするしね。気長に待つしかないよ」

「でも、イゾベルはもうすぐ帰ってしまうのに」ミセス・デニングは食いさがった。

ミスター・デニングは新聞で顔を隠した。「そうだね、ダーリン」

木曜日、ミセス・デニングはやっとイゾベルと二人きりになれた。ピーターはもう遊びまわれるようになっていたので、イゾベルは庭でクロケットやサッカーの相手をした。唯一雨の降った日には、子供部屋で何度もすごろくにつき合った。だが今日はケーキを焼いたナニーがピーターをキッチンに誘い出してくれたので、ミセス・デニングはこの機会を逃すまいとイゾベルに声をかけた。「早めにお茶にしない？　庭で少しおしゃべりしましょう」

二人はナニーの特製ケーキを庭で食べながら、服や赤ん坊や子供の話に花を咲かせた。ミセス・デニングは話の合間にスウェーデンやポーランドに旅行したときのことを尋ねたあと、やっと本題のトーマスについて話しはじめた。

「もう古い知り合いなの」彼女は言った。「優秀だけど仕事中毒な彼には意地悪なところも少しあるけど、みんなに好かれているわ。彼がエラと別れてよかった。あんな子に振りまわされてたなんてね！　トーマスが距離を置こうとしても、しがみついて離れないんだから。両親が病気だと嘘《うそ》をついて、週末に実家に連れていったりして、最初はおもしろがっていたトーマスもいいかげんうんざりしていたわ。何人かの友人と約束していたイタリア旅行にも、エラったら無理やりついていったのよ。でも、墓穴を掘ったもいいところだったわ。トーマスは始終、彼女を毛嫌いしていたみたい。エラと結婚しないことはまわりのみんなが知っていたけど、トーマスも寂しかったものだからつき合っていたのね。彼はいい人にめぐり合うのをずっと待っていたの」

「それで、めぐり合えたの？」イゾベルは小さな声で尋ねた。

「ええ」

イゾベルは得体の知れないその女性に嫌悪を感じた。きっと金髪ね。エラだって金髪だった……。トーマスが恋に落ちるくらいだから、絶世の美女に違いない。服装も華やかで……。

イゾベルの考えていることがすぐにわかったミセス・デニングは、のんびりした口調で言った。「エラとはまったく正反対の人よ」イゾベルがその言葉を理解するのを待ってから、彼女は続けた。「あなたが帰ると寂しくなるわ、イゾベル。休みなくピーターの相手をしてくれてありがとう。あなたがいなければ、トーマスが危ぶんだとおり合併症でまだ寝こんでいたでしょうね。次の仕事の前には休みを取るの？　お母さんは退院できそう？」

「まだだけど、順調に回復しているからもうすぐだと思うの」旅行にでも行けたらすてきなのに、とイゾベルは思った。日がな一日なにもせずにいられる場所で、母が日常生活に慣れることができたら。

翌日イゾベルは自分の荷物をまとめ、ピーターとクロケットをし、翌朝早い出発を考えてナニーに別れの挨拶をした。しかし看護師紹介所に連絡を入れると、担当者はまだ次の仕事はないと申し訳なさそうに言い、週末家にいられるなら庭の手入れをしようとイゾベルは思った。ミスター・デニングが朝食後すぐに帰るよう強く勧めるのが気になったが、午後に家族で出かける予定があるのかもしれない。駅まで送ってもらえるだけでもありがたいので、あえて理由はきかなかった。

翌日早起きしたイゾベルは、窓の外の美しい朝の光景を眺めた。お風呂に入り、着替えをすませ、紅茶をのんでから最後の荷造りを始める。ミスター・デニングはやさしいが、時間にはうるさい。足音をたてずにキッチンに入っていくと、使用人がちょうど朝食を食べているところで、イゾベルのぶんもテーブルに用意されていた。ミセス・デニングには昨夜別れの挨拶をしたので、イゾベルはピーターの部屋に向かった。ピーターはベッドの上でジグゾーパズルをしていた。

「行かないで」イゾベルが入るなり、少年は言った。「一緒に遊ぶ人がいなくなっちゃう」

イゾベルはベッドに腰かけた。「そんなことないわ。お母さんだって遊んでくれるし、もうすぐ赤ちゃんがやってくる。もう何週間かしたら、学校も始まるでしょう。私の弟は学校が大好きなのよ。あなたもきっと気に入るわ」彼女は手を差し伸べた。

「だから今はお別れしましょう。一緒に遊べて楽しかったわ」

ミスター・デニングが入ってきたとき、イゾベルはちょうど立ちあがろうとしていた。「準備はできたかな、イゾベル？」そう言ってから、息子の悲しそうな顔を見る。「イゾベルにはまた会えるさ」

「本当に本当？」

「約束する」

ピーターはイゾベルの首に抱きついた。「よかった！　イゾベルってママの次にやさしいんだもん」

イゾベルは少し口をゆがめて笑った。「ありがとう、ピーター」そう言って、少年の額にキスをする。

「それなら、さよならは言わないわね」

「トーマスおじさんもイゾベルにそう言ってたね」

忘れようとしているときに限って、トーマスの存在を思い知らされる。イゾベルはミスター・デニングのあとを追って表に出た。

するとロールスロイスのボンネットに腰かけ、口笛を吹いているトーマスがいた。イゾベルはその姿を見て足をとめたが、すぐまた歩き出した。ミスター・デニングが促すように肩を押したからだ。

「やあ」トーマスが言った。「荷物はこれだけか？」

「ミスター・デニングが駅まで送ってくれるから……」イゾベルは言った。

「ちょうど近所にいたんだ。僕が送れば、彼も車を出さずにすむ」トーマスが車のドアを開け、イゾベルは質問攻めにするつもりでミスター・デニングの方を向いたが、頬に軽くキスをされただけだった。

そして、トーマスの隣に座るはめになった。

「いい天気だね」トーマスは車を発進させた。

「本当ね」イゾベルは短く答えてから黙りこんだ。

ふたたび口を開いたのは、車が高速道路に入ってからだった。「方向が違うわ」

「大丈夫」その口調は反論をいっさい受けつけそうになかったが、しばらくしてイゾベルはふたたび口を開いた。

「別の看護先に連れていってくれるんですか？」彼の横顔を見る。「紹介所に電話したときはなにも言われなかったけど」

「担当者にそう伝えるよう言っておいたからね」

「なんですって？　仕事が必要なのに……そんなこと、あなたにする権利はないわ！」

「必要なことをしたまでだ。あとで話そう」

「今説明して」イゾベルはトーマスをにらみつけたが、彼が負けじと顔をしかめると少し弱気になった。

「あとで話そうと言っただろう、イゾベル」

「いらないわ。別にあなたとは話したくないから」

イゾベルがそっぽを向くと、トーマスの口元がほころんだ。イゾベルは寝たふりをしてみたが、もちろんうまくいくはずなどなかった。怒りがこみあげてくるうえ、なにがなんだかわからない状況に頭が混乱してきて目を開ける。

しばらくすると、忘れられない風景が目に飛びこんできた。車がレッチードで高速道路を下り、見慣れた標識で細い田舎道に入ると、イゾベルは息をのんだ。

勢いよく体を起こす。「昔、ここに住んでいたの！」

「知っている」腹がたつほど冷静な答えが返ってきた。「君のお母さんから家を買い取った人が、数週間前僕に売ってくれた。お母さんは今そこで暮らしているが、話し相手としてナニーもしばらく滞在するそうだ」

イゾベルの声が急に小さくなった。「あなたはそこで暮らすつもりなのかしら？　ミセス・デニングが、あなたは理想の女性にめぐり合えたって言っていたわ」

「そこには君のお母さんがいると言っただろう？　これから先もずっとそうだ。いくら義理の母のことが大好きでも、自分の家が二軒もあるのに一緒に暮らすつもりはないよ」

「義理の母？」胸が締めつけられ、イゾベルは甲高い声しか出せなかった。

「そうだよ」トーマスはやさしい声で言った。「僕のいとしいダーリン」

「それって……結婚しようって言っているの？」イゾベルはきいた。

車は村の中をゆっくりと進んでいき、地元の店の前でとまった。通行人が立ちどまったのは、ロールスロイスがめずらしかったからだろう。トーマスはイゾベルの方を向いてにっこりした。「ここでは最適の場所とは言えないな」彼はあたりを見まわした。

「子供にプロポーズの場所をきかれたら、店の前だと答えることになるから。君はもっとロマンティックなほうが好きかと思っていたよ！」

「好きよ。今イエスと答えたら、静かな場所に連れていって、もう一度プロポーズしてくれる？」

トーマスは答えなかったが、彼のやさしさに満ちた微笑に、イゾベルの心はとろけそうになった。車がまた動き出し、谷の向こうに修道院の赤い煉瓦《れんが》の煙突が見える、なだらかな丘の上でとまる。トーマスは助手席側のドアを開け、腕の中に飛びこんできたイゾベルを強く抱きしめた。

「二度目のプロポーズになるが」トーマスが言った。「その前にすることがある」そして、幸せいっぱいのイゾベルにキスをした。

ハーレクイン®

ハーレクイン・イマージュ　2012年9月刊（I-2241）

さよならを告げぬ理由
2025年3月20日発行

著　者　ベティ・ニールズ
訳　者　小泉まや（こいずみ　まや）

発行人　鈴木幸辰
発行所　株式会社ハーパーコリンズ・ジャパン
東京都千代田区大手町 1-5-1
電話 04-2951-2000（注文）
0570-008091（読者ｻｰﾋﾞｽ係）

印刷・製本　大日本印刷株式会社
東京都新宿区市谷加賀町 1-1-1

表紙写真　© Boyan Dimitrov | Dreamstime.com

ISBN978-4-596-72455-7 C0297

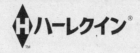

3月28日発売

ハーレクイン・シリーズ 4月5日刊

ハーレクイン・ロマンス

愛の激しさを知る

放蕩ボスへの秘書の献身愛 〈大富豪の花嫁にⅠ〉	ミリー・アダムズ／悠木美桜 訳	R-3957
城主とずぶ濡れのシンデレラ 〈独身富豪の独占愛Ⅱ〉	ケイトリン・クルーズ／岬　一花 訳	R-3958
一夜の子のために 《伝説の名作選》	マヤ・ブレイク／松本果蓮 訳	R-3959
愛することが怖くて 《伝説の名作選》	リン・グレアム／西江璃子 訳	R-3960

ハーレクイン・イマージュ

ピュアな思いに満たされる

スペイン大富豪の愛の子	ケイト・ハーディ／神鳥奈穂子 訳	I-2845
真実は言えない 《至福の名作選》	レベッカ・ウインターズ／すなみ　翔 訳	I-2846

ハーレクイン・マスターピース

世界に愛された作家たち
～永久不滅の銘作コレクション～

億万長者の駆け引き 《キャロル・モーティマー・コレクション》	キャロル・モーティマー／結城玲子 訳	MP-115

ハーレクイン・ヒストリカル・スペシャル

華やかなりし時代へ誘う

公爵の手つかずの新妻	サラ・マロリー／藤倉詩音 訳	PHS-348
尼僧院から来た花嫁	デボラ・シモンズ／上木さよ子 訳	PHS-349

ハーレクイン・プレゼンツ作家シリーズ別冊

魅惑のテーマが光る
極上セレクション

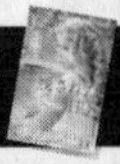

最後の船旅 《ハーレクイン・ロマンス・タイムマシン》	アン・ハンプソン／馬渕早苗 訳	PB-406

※予告なく発売日・刊行タイトルが変更になる場合がございます。ご了承ください。